徳 間 文 庫

未来のおもいで

白鳥山奇譚

梶 尾 真 治

徳 間 書 店

contents

ILLUSTRATION
鶴田謙二

design · coil

未来（あした）のおもいで

1

その朝の天気予報では、晴天が約束されていた。

滝水浩一は、登山口にジムニーを駐め、いつものようにたった一人で山に入った。

登山口には、他に車はない。

登山靴に履きかえて、デイパックを背負う。滝水が山を歩く体形には見えないのは、

長身で細めだからだ。彼が山道を歩き出したのは、朝の八時半だった。

九州脊梁の中央部、その休日に選んだ山は、宮崎と熊本の県境にある白鳥山だった。

それほど著名な山ではない。久住の連山や、祖母山、傾山であれば四月中旬とい

うシーズンには、いやというほど人が押し寄せるが、ここ白鳥山は、位置的な不便さ

で、九州の山でも秘境のイメージを保っていた。

加えて一六三九メートルという標高は、高山とは言えない半端さがある。おまけに

山頂からの展望が得られないことが、入山者の少ない理由らしい。

入山ルートは、三ヵ所ある。その日、滝水が選んだのは、ウエノウチ谷登山口だ。椎葉越（しいばごえ）の手前の枯れ沢から、御池（みいけ）という、湿地をたどるコースだった。だから登山口の標識は「御池登山口」とある。

そのコースは、最初から自然林の中を歩く。植林は一切、目にすることがない。それが、そのルートを選んだ単純な理由だ。

浩一は、山の中に入ると現実世界から隔絶されたような錯覚に陥ることがある。せちがらく、あわただしく、煩しい日常の糸から、ぷつんと切り離される。その瞬間、表情が穏やかに変化するのが自分でもわかる。

そんな嬉しい錯覚。

家族もいない滝水にとって、日常はそんなに煩しいこともないだろうとコメントする者もいるが、それはちがう。生活の糧（かて）を得るための仕事上のつきあいの中では、自我を押し殺したり、職業上の誇りにさえ目をつぶらなければならないこともある。山の中に一人いれば、とりあえずの至福は得られる。理不尽な要求をしてくる発註先の担当の顔も消滅する。

濃い眉とくっきりとした目鼻だちの滝水は、ややもすれば冷たい印象を与えるよう

だ。しかし、白鳥山に入れば、目も細まり穏やかなものに変化する。そして思う。

登山客の多い山では、駄目だ。行き交う人々と挨拶ばかりかわす人気の山は、性にあわない。静かで、原生林の中を歩くような、名山を愛でる人々の話題にあまりのぼらない山がいい。はっきりした登山ルートを持たず、国土地理院の二万五千分の一の地図とコンパスで、のんびりとルートを決める。ピークを目指すというわけでもなく、好きな場所を発見して、のんびりと過ごす。頭上の樹々の間から漏れるわずかなきらめく光の下で落葉をソファにして横たわる。野鳥のさえずりが切れ切れに耳に届く。そんな時が滝水にとってまさに至福だ。薄く目を開いていると、さまざまな妄想が去来する。

その風景から連想するのは、この場所は、単に世間から隔絶されているのではなく、時間の流れからも解き放たれているのではないか……といったことだ。

この原生林は、今の人間たちが誕生する何百万年もの古代から、変わることなく存在しているのだろうなと想像する。この先、何百万年もの未来に存在するかどうかの保証はないが、現在を中心に少なくとも、数百年は変わらぬ風景があったのではないか。平安や江戸の時代の人々と同じ風景を見ているのではないか。滝水は、そう考えていたりする。風の声と鳥のさえずりの中で。

巨木が、枯れ沢の斜面から伸びている。ヒメシャラや、九州では珍しいブナだ。斜面にかろうじて人一人が通れるほどの杣道があり、そこを通る。

見上げると樹々の間からステンドグラスのように光が舞う。ゆっくり歩くと、滝水は沢に出た。その沢の清らかな水は、すぐに地下へと潜り伏流となる。だから、登山口付近では枯れ沢の状態なのだ。

数十分歩き、苔むした岩に腰を下ろす。そしてまた数十分歩く。滝水が、何度かそれを繰り返すと、平坦な場所へ着いた。

湿地帯だ。湿地の上を苔と倒木が覆っていた。そこを御池という。

誰もいない。

繁みで音がするので振り返ると、数羽の野鳥たちが滝水の気配に敏感に反応して、スズタケの中から飛び立つところだった。

山頂まで足を運ぶつもりはなかった。この静かな山中を歩いて、気がすむまで、のんびりと一人の時間を過ごすことができれば、後は何も望むものはなかった。

このあたりには、平家の落武者が潜んだという伝説がいくつもある。その中のいくつかは、現代社会の常識尺度からすれば、理解しづらいものなのだが、そんなエピソードの民俗学的な要素にまで滝水は興味を持っていない。ただ、落武者伝説が残るほ

どに、里の人々がかつては足を踏み入れなかった場所だということだ。

一歩、足を進めるごとに全身にこびりついている世俗のストレスが、剝がれ落ちていくような気がする。

いい山だなと滝水はつぶやく。花の季節には、少し早い。五月に入れば、さまざまな山野草が開花を競いあってくれるはずだ。だが代わりに今は、山の静かな佇いを提供してくれている。これ以上の望みは贅沢というものだろう。

高度を上げると、霧となった。晴天の予報のことを思い出したが、山の中では珍しいことではない。何度も歩いている山だった。道を誤ることもない。

滝水は湿地を抜けて水上越方面の分岐への斜面を目指す。

山の中では時折、思いもかけぬ驚きに出会うことがある。

そのときの滝水がそうだった。

斜面を登りきったとき、滝水は立ちつくした。息を呑んだ。

絶句するしかなかった。

その高度で、突然に一面がお花畑と化した。天然の花園が現れたのだ。拳大の白い花々が霧の中で咲き乱れていた。

山芍薬の花の大群落だ。何という幸運だろうかと、滝水は山の神々に感謝した。一年のうち恵まれていた。

に、二週間ほどしか、この光景には巡りあえないのだから。

滝水は、花園の中で見とれるしかなかった。どれだけの時間、見とれていたことか。

まだ、四月の頭だというのに、山芍薬の満開に遭遇できたことが信じられなかった。あたりは、ますます霧がミルクを流したように濃くなっていく。その中で咲き乱れる山芍薬。まさに夢幻の光景だった。

異常気象が続いているといっても例年より一ヵ月も早い。

左腕の山岳用スウォッチに目をやった。気圧が急速に下がっている。それより驚いたことがある。コンパス表示が、まったく用をなしていない。Ｎ表示とＳ表示を交互に繰り返す。何度かコンパス表示を修復しようとモード変換を繰り返したときに、ぽつりと来た。

雨粒が顔を叩いた。突然の雨だった。山上では、急激な天候の変化は珍しいことではない。だが生憎なことに、そのとき滝水は雨具を携行してきていなかった。初心者でさえ犯さないミスだ。

通り雨にちがいない。そう永く続くこともないだろう。舌打ちしたくなる気分を抑え、滝水は、自分にそう言いきかせた。

この先の洞(ほら)で雨やどりして、やり過ごすか……そう考えたときだった。

滝水は耳を澄ませた。

足音が聞こえる。

頂上へ向かう登山道からだった。　誰かが駈け下りてくる。　足音は一つ。　雨に追われるように。

白鳥山の客は自分だけではなかったのだと滝水は思った。

乳白色の霧のむこうからぼんやりとオレンジ色の人影が浮かぶ。　だんだんと近付いてくる。

滝水は、一瞬、迷った。　このまま身を隠して登山者をやり過ごそうか。　その方が煩しさはない。　大自然の中でまで他人と関りは持ちたくない。

その一瞬の迷いで、滝水はその場を離れるタイミングを逸してしまうことになった。

足音が止まった。

若い女だった。　立ちつくしていた滝水と視線が合った。　女は雨具をつけていない。　濡れそぼっていた。　再び歩を出し始めた女に、滝水は言った。　それは、滝水自身にも驚きだった。　叫びに近かった。

「こっちに、雨をしのげる場所があります」

女は、驚いたように立ちどまり、振りかえった。

白鳥山は、石灰岩の巨石が数多く存在する。そして、その近くには苔むした石灰岩でできた天然の洞があった。風穴だ。登山道に面しているわけではない。

滝水は、そこで雨をしのごうと考えていた。そう遠い場所ではない。数十メートルという距離にすぎない。目にすれば、足を踏み入れるのを躊躇うが中は充分な広さがある。

2

滝水が小走りで移動すると、その後を足音が尾いてくる。振り向くと、女も雨を避けようと急ぎ足だ。その姿を見て、何故か滝水は背筋を何かが走るような感覚を持った。気持ち悪いというのではない。理由のわからない守りたいという本能のようなもの。

洞に飛びこんだのは、二人ほとんど同時だった。滝水は、洞の中の岩に腰を下ろし、タオルで顔の水滴を拭った。女もリュックを背中から下ろし、洞におかれていた倒木に座った。帽子をとると濡れた長い黒髪が肩に落ちた。

「突然の降りでしたね」

滝水がそう言うと、女は顔を真っ直ぐに滝水へ向け、「ええ」と答えて笑顔を見せた。滝水は、その笑顔に息を呑んだ。

凛とした顔だちの女性だ。

それが滝水の彼女に対しての素直な第一印象だった。坂道で視線を合わせたときの印象が、そのまま続いている。そのときの電撃的な感覚が、背中を走り抜ける感覚に変化して残っている。

ほとんど化粧っ気はない。しかし切れ長だが大きい瞳は涼しげで、鼻筋が通っている。加えてシャープな顎の線が〝凛〟の印象を強めていた。

白黄の閃光が、横に走った。と同時に耳をつんざくような鳴動。世界が終わりを迎えたかのように。落雷が、ほんの近くであったにちがいない。

若い女は、膝を抱き、両手を組んだままその膝に顔を埋めていた。滝水もこのような至近場所での落雷は経験したことがなかった。稲妻が横を走っていくという光景さえ眼にしたのは初めてのことだ。

雷鳴と閃光が合図になったかのようだった。ひどい降りになった。あたりの景色が完全にさえぎられる。滝の裏から表を覗くに等しい。まるで、水の幕を引いたかのようだ。

叩きつける雨音が、洞内に響いた。尋常な降りではない。狂ったような降水量だ。洞の前に細い濁流がいくつも走っていた。幸いに洞の入口が高くなっているため、雨水が流れこんでくることはない。だが、降雨のあまりの凄まじさに、滝水は用意した

「ほどなくやむでしょう」の言葉を呑みこんでしまうしかなかった。

ただ、落雷は、最初の一撃で終了したようだ。これが季節はずれの夕立ちにすぎないことを滝水は祈るばかりだった。

やっと若い女は、顔をあげた。唇を一文字に結んで。

「大丈夫ですか？ とりあえず雷のほうはおさまったようですよ」

滝水は、そう声をかけた。

女はうなずいた。ようやく恐怖の表情が去ろうとしていた。

二十代後半……？ このような美しい人が、たった一人で山を歩いていたのだろうか。

そんな疑問が、まず湧いた。

「連れの方とかいないんですか？」

滝水は尋ねた。

「ひとりで来ました。……やっぱりジンクスってあたるんですね。十三日の金曜日っ

て、あまりついていないみたい」

「えっ?」

滝水は、彼女が何のことを言っているのか、よく意味が摑めなかった。今日は、日曜日だ。彼女は、さっきの落雷で何か錯覚を起こしているのか。

「濡れネズミのまま、たった一人でさっきみたいなカミナリに出会ったら、私、頭がおかしくなったにちがいありません。おかげで、助かりました。ありがとうございます」

彼女は深く頭を下げた。滝水は、自分の胸が激しく鼓動を打つのを感じていた。いったい、これは、何の感覚なのか。

滝水は答えるための言葉を探した。何かを口に出しかけ、その言葉の意味のなさに呑みこみ、やっと言った。

「いずれにしても、しばらく、この雨続きそうですね。私も生憎、防水着を用意してこなかった。

初歩的なミスですよね。でも、天気予報でも晴れだし、経験的に今日みたいな日に大雨は予想しない。この白鳥じゃ、こんな日にこんな降りかたは普通しない。

……白鳥は、よく来られるんですか?」

「ええ、子供の頃から。父にヤマシャクの時期には、よく連れてきてもらいました」

女は笑顔を見せた。少し眼を細めると長い睫毛が際立った。

「今日もきれいでしたね。今年は季節が早いんでしょうか？ 満開だった。雨には降られたけれど、その点じゃ最高でした。堪能されましたか？」

彼女は少し戸惑ったような表情を浮かべた。それから、うなずいた。

「ええ。見事でした」

そこで、会話が途絶えた。

雨音は衰えることがなかった。しかし、滝水は何故か幸福感があった。日常の中で、女性とのあらたまった会話など煩しさしか感じることはない。ところが、今はちがう。偶然とはいえ、世間から切り離された場所で、この女性と二人っきりで時を共有するということに、ときめきを感じている。

僥倖だ……と滝水は思う。それは理由ではなく滝水の内部から衝きあげてくる本能的な嬉しさだ。

だからといって見知らぬ美女にどう接するべきなのか。不器用な部分を自分では充分に自覚している。気の利いた科白など、いちばん自分には縁がない。

右肩の上で、誰にも見えない滝水自身の良心が叫んでいた。「何だよ。その態度は。

人との煩しさがイヤで、山へ来ているんじゃあなかったのか？」

滝水は、大きく深呼吸する。

そんな矛盾を抱えた想いの中で、滝水は、ディパックを引き寄せた。中から、携帯バーナーを取り出した。ガスボンベを装着する。水を入れたコッカーを載せ火を点けた。

沸騰した湯で、シェラカップに二杯のコーヒーを作った。

その間に、彼女が何をやっているのかと、滝水は盗み見た。

沈黙の時間に、彼女はノートにメモをとっているようだった。小さな黒い手帖に。

「どうぞ。うまいかまずいか、わかりませんが」

コーヒーを滝水が差し出すと、彼女はペンを止めて驚いたように眼を丸くした。

「コーヒー……ですか？」

「コーヒー。駄目ですか？」

「いえ。まさか、ここでコーヒーが飲めるなんて。ちょっとびっくりしました」

笑顔で、「ありがとうございます」と受けてくれた。シェラカップに鼻を近づけて「すごくいい香り」と評した。それから一口、コーヒーを飲んで「おいしい。温まる」と言った。

滝水は、それほど喜んでくれたことに満更でもなかった。しかし、山の上でコーヒ

　──を飲んだ経験がないのだろうか？　あんなに驚いた反応を見せるとは。

「どちらからですか？」

　両掌でシェラカップを包むように握ったまま、彼女が尋ねた。

「熊本市からですよ」

「じゃあ、私と同じですね」

　おたがい名前を尋ねたりはしない。それが山の上で出会う者の暗黙のルールのようなものだ。だが、そのとき、滝水はルールを破りたい欲求と必死で闘っていた。この幸福感を持続させる方法はないものだろうか。

　二人で、雨の白鳥山を眺めている。外は先刻ほど叩きつけるような勢いではないにしろ霧で全体がぼんやりとかすんでいる。何だか、彼女と、この場所で過ごしていると、一人で過ごす以上に穏やかな気持ちになれるのだ。それが滝水自身、不思議でならなかった。

　だが、喉(のど)まで出かかるほどの欲求にもかかわらず、彼女に名前を聞くことはできなかった。

「毎年、ヤマシャクは、見に来られるんですか？」彼女が尋ねた。

「ええ、毎年というより、年中、暇があればこの山に来るんです。紅葉の時期も好き

だし、真夏でありながらしっとりした風景も好きで
すべてが好きなんですよ」

滝水はそう答えた。その返事は、彼女も気にいったよ
うだった。

「私もそう。いつの白鳥山も好き……。ドリーネも不思議な光景ですよね」

御池の東側に低地がある。そこに石灰岩の巨石群が、あたかも、天然の石舞台のよ
うに広がっているのだ。それを含めてドリーネとは、石
灰岩の巨石群にできた窪地のことを言う。

そして、その近くには、平家の落武者が隠れ棲んだ屋敷跡もある。

「そうですね。白鳥山は、草一本からして幻のような場所。そう思いますよ」

滝水が言ったときだった。

二人は洞の外の気配に視線を移した。水溜りの中を足音が走る。滝水も彼女も黙っ
た。十数メートル先の霧の中。二頭の親子鹿が駈けていった。まるでスローモーショ
ンの映像のように。

「うわぁ、初めて、こんな光景」

彼女がはしゃぐ声が滝水には心地よく耳に残った。

そして、もうしばらくのゆったりとした時が経過した。

雨音はいつしか消え、霧雨
（きりさめ）

に変わっていた。

女は滝水にシェラカップを差し出した。

「ありがとうございました。とてもおいしかった。小雨になったから、今のうちに行きます」

滝水は、ついに彼女の名前を聞くタイミングを逸していた。

どうすればいい。

切羽詰まった彼は、一つの賭けにすがるしかなかった。

「あの」

そう言ってデイパックから自分のリュック・カバーを出して彼女に差し出した。

「防水着はないけれど、これをリュックのカバーにすればいい。中のものが濡れるのは防げます。こちらは、濡れて困るようなものは何もないし」

「でも」そう呟くようにして端整な眉をひそめた彼女は、迷っているかのようにリュック・カバーを掌の上に置いたままだ。

迷いを消すために、滝水は付け加えるように言った。

「心配しなくてもいいです。縁があれば、どこかで返してもらえばいい。なくても私にとって不自由を感じるものでもありません」

彼女は自分のディパックに滝水のリュック・カバーを器用に着け背負うと立ち上がった。

「すみません」

「ありがとう。とてもおいしかった。あの……コーヒー……」

小首を傾げ、そう言い残すと名も知らぬ美女は、まぶしいような笑顔を残し、小雨の霧の中を走り去った。その背に「気をつけて。迷わないように」と滝水は声を投げたが、返事はなかった。

虚脱感があった。夢の世界から引き戻されたような。

3

滝水が思いついた賭けとは、リュック・カバー。その裏には彼の住所と氏名が縫いこまれている。

縁があれば……縁があれば彼女の手許から、再び自分の手許へと戻ってくるはずだった。

しかし、そこまでは望んでいなかった。自分のリュック・カバーが彼女の手許で保

管されることになれば、それはそれで嬉しいことではないか。リュック・カバーを眼

にするたびに白鳥山の洞でのひとときを彼女が思いだすことになる。

洞の外で光がさしていた。天気は、すでに回復していた。山の天気は移ろいやすい

というが、これほどに劇的とは。この様子であれば、彼女は濡れることなく登山口ま

で戻れたにちがいないと、滝水は思った。

バーナーをケースに戻し、シェラカップとディパックに納め、立ち上がったとき、

滝水は気がついた。

彼女が脅えた場所。

彼女が微笑んだ場所。

そこで、それを見付けた。彼女が座っていた倒木の下に落ちているそれ。黒い手帖。

彼女が無心にメモをとっていた。

滝水は、それを手にとった。黒光りする、年代を感じさせる重厚な感じの手帖。あ

の世代の女性が使うには不似合いなしろものだった。

追いかけようか……。

まず、滝水の頭にそう浮かんだ。そうすれば、あの清しい笑顔にもう一度会える。

あれから、どのくらいの時間が経過したろうか。十分……十五分。

迷った。

白鳥山の登山道は、滝水が知っているだけで四つのルートがある。しかも、登山の途中で、いくつかの分岐を自由に選択することもできるのだ。自分が登ってきたルート以外に三つ。時間の経過からして、いずれかのルートに彼女は入ってしまっている頃だろう。どのルートで彼女は登って来たというのか。

判断がつかなかった。

彼女は、どこで、この手帖を紛失したことに気付くのだろうか。下山の途中で？

引き返して、この洞へ来る可能性は？

それは、ありえない。

滝水は考えた。帰宅してリュックの内容を整理しているときに初めて気付くはずだ。それから、この場に忘れたことに思いあたる……だろうか？

裏表紙を開いた。

名前だけが眼に飛びこんできた。達筆だった。流れるような書体だ。

藤枝沙穂流。

さほる……。そう読めばいいのだろうか。

名前を知ったことの罪悪感のようなものを感じて、あわててその手帖を閉じた。

沙穂流……藤枝沙穂流。

頭の中で谺のように彼女の笑顔と名前が浮かびあがってきていた。

何かがおかしい。どうかしている。滝水は、その自分の心の変容が尋常ではないことをとっくに気付いていた。

それから自分に言いきかせた。下山途中で彼女……藤枝沙穂流に出会ったら、わたしてやればいい。

手帖をそのまま、自分のデイパックに納めた。

洞の外を光が差しこむときに、滝水はそこを離れた。

穏やかな山の風景が戻っていた。先刻までのどしゃ降りは嘘のようだ。野鳥の囀りが間歇的に響いていた。

木漏れ日が揺れる中、登山道を探した。

信じられないできごとに滝水が遭遇するのに時間はかからなかった。

登山道に戻ったとき、眼を疑った。

そこは、雨が降り出す前は、一面に可憐な山芍薬の花々が咲き乱れていたはずだった。

間違いなく。

それが、すべて消失してしまっている。

そんなはずはない。

場所がちがうのだろうか。

いや、確かに、この斜面だった。

斜面を覆っていた白い花々は見あたらない。幻覚だったのだろうか。夢を……白日夢を見たというのか。いや、まちがうことはない。その証拠に、山芍薬の若葉だけは、あたりに万遍なく存在している。

だが……。

蕾の兆しさえもない。

滝水は、立ちつくしていた。自分の中で、理屈を超えたできごとに戸惑っている自分がいる。解釈の加えようがなかった。

そうだ、これが当然の光景ではないか。そう滝水は自分に言いきかせた。今は四月。それも頭の時季に山芍薬が開花しているというできごとそのものが、いくら異常気象といっても変ではないか。

幻覚だったのか……。山芍薬の咲き乱れる様を見たことが幻覚とすれば、……先刻の突然の夕立も……幻覚？

そんなことはない。樹々も登山道もしっとりと……濡れてはいない。乾いている

では……あの女性も、ひょっとしたら白日夢の一部？

そんな眩暈にも似た思いが、脳裏を果てしなく回転しつづけた。

ひょっとして全速で追えば、運が良ければ今なら彼女に追いつけるかもしれない。

そして、二人で見た山芍薬の群生が幻でなかったことを証明してくれる。

ふっと、そんな想いが降ってきた。

だが、そうはしなかった。

これが、山の怪異というものなのかもしれない。そうも考えた。

そのようなときは、早々に山を立ち去るべきではないのか。それが、山の神々のメッセージということではないのか。

白鳥山は、逃げはしない。翌週にでも、再訪しろというサインかもしれないし。

滝水は、登りと異なる登山道を選んで下山した。比較的になだらかなルートで、一人で山に入る女性にとっては、条件が緩いと思われる。

そのルートが、一番、彼女が選択する可能性が高いとふんだからだった。うまくいけば登山口までには、追いつくことができる。

結局、下山しても、登山口まで彼女の姿を見つけることはできなかった。

その登山口から、ジムニーを駐車した登山口まで、滝水は一時間半を費やして歩い

た。

4

白鳥山のできごとが、白日夢ではなかったということは、帰宅した自宅のマンションで証明された。

ディパックの中から、藤枝沙穂流の黒革の手帖が出てきたからだ。

手帖は、そのまま机の上に置かれた。滝水に手帖を開く勇気はなかった。

手帖とは、日記に匹敵するほど私的なことを記すしるものだ。手帖を覗くというのは、相手にとって足の裏を観察されたに等しいのではないか。

そんな考えを滝水は持っていたからだ。

沙穂流……彼女から、連絡があるとすれば三日以内だろう。そんな、ぼんやりとした期待もあった。沙穂流に貸したリュック・カバーに縫いこまれた名前、住所、電話番号をたよりに、彼女は手帖のことも尋ねてくるのではないかと。

日常での彼は、納期に間に合わせるべく、二日間、予定の点数のイラストの制作に集中した。集中したつもりでも、イラストの中に登場する女性の顔が、山上で出会っ

た沙穂流という女性の顔に酷似してきていることに気がついていた。これまで、滝水の描いてきた女性の顔とはあきらかに異なる。滝水の描く女性には個性がないというのが、定評だった。それまでは、滝水の女性観の中には「特別な存在」がなく、美人の概念を滝水がアレンジしたものだったのだ。

三日間が過ぎ、滝水が納品から帰り、部屋へ戻っても、彼女からの連絡はなかった。

三日間、滝水の頭から、沙穂流という白鳥山の女性のおもかげは去ることがなかった。いや、それどころか、イラストを一枚仕上げるごとに、そのおもかげは濃くなっていく。克明に、コーヒーをおいしそうに飲む横顔が、浮かんでくる。

もう一度、逢いたい。

そんな気持ちが、日に増して衝動として溢れてきた。

滝水は、そのときに発作的に手帖に手を伸ばしていた。

藤枝沙穂流の手帖。

読むことはせずに、ぱらぱらとめくる。端正な読みやすい楷書の文字が横書きにならんでいるのがわかる。最後の例のページにたどりついた。あの、藤枝沙穂流の署名のある場所だ。

名前を見て、滝水は胸がしぼられるような思いにかられた。

藤枝沙穂流。

その文字を、じっと見る。その右に少し小さく住所があった。

熊本市国府三丁目……。

電話番号の表示はなかった。代わりにそのページの一番下に横書きで記されている。

（この手帖は、私にとって大変、大事なものです。拾われた方は、御連絡下さい）

やはり丁寧な書体だった。

国府は、滝水のマンションがある船場町から七キロメートルほどの位置だ。それほど離れた距離ではない。

決心した。彼女の家を訪ねて、この手帖を返そう。そうしなければ、数日間続く、正体のわからないこのもやもやした気持ちを解消することはできない。

その翌日の午後、上通りの広告代理店での打ち合わせを終えた滝水は、その足で国府三丁目を訪ね歩いた。すでに夕方近い時刻となっていた。

JR豊肥線の新水前寺駅近くだということは、住所から大まかには摑んでいた。表の電車通りから数十メートル入ると、そこは、古くからの住宅街だった。狭い道路にもかかわらず、敷地の広そうな住宅が連なる。自動車という交通手段が普及する以前からの街なみなのだと思う。黄昏の朱に染まった道を、滝水は右手に黒革の手帖を持

ち、住宅表示のプレートをたよりに歩いた。何度か、曲がり角を引き返し、袋小路の一軒にたどりついた。

古い造りの洋館だった。

門の表札に「藤枝」の名を見たとき、滝水の胸が動悸を打ちはじめた。住所は、その番地だ。最近作られたらしい車庫が門の横にあり、RV車が駐められていた。

藤枝沙穂流は、この車で登山口まで乗りつけたのだろうか。どのような家族構成なのか。

呼び鈴を探した。らしきものは見当らない。門を開いて玄関まで行かねばならないのだろうか。うまく本人が出てきてくれればいいのだが。もし、不在だったら、家族に、どのように説明すればいいのか。

滝水が思いを巡らせていたときだった。

「何か御用ですか?」

声は背後からだった。滝水はぴくりと身体を震わせ振り向くと、そこに声の主が立っていた。

滝水と同い齢ぐらい……三十を過ぎたかどうかという男だった。チェックのシャツにチノパンで、端整な顔をしている。沙穂流の夫だろうかという連想も走ったが、そ

れはちがうだろうと滝水は直観した。顔の輪郭と眼差しが驚くほど、彼女に似ていたからだ。ワンと一声、男が連れていた巨大な雑種犬が吠えた。

「ハナ！　だめだぞ」

男は、犬を論す。巨大犬は聞きわけよくそれ以上は吠えず男の膝にすり寄っていった。

きっと……彼は沙穂流の兄にちがいない。今、犬の散歩から、帰ってきたらしい。

「藤枝さん……ですか?」

「ええ」

彼は答えた。ハナの頭をやさしく撫ぜながら。

「そちらに、藤枝沙穂流さんっていう方は、いらっしゃいますか?」

滝水が、そう尋ねた。彼は不思議そうに滝水を見た。

「さほる……って仰有いました?　しはる……じゃなくて?　詩、波、流れるって字ではなくって」

「ええ。沙穂に流れるです」

「じゃあ、うちではないようです」

そんな筈はないと滝水は思った。住所は一致している筈だ。見知らぬ男の訪問に、警戒しているのだろうか。いや、彼は嘘をついているようでもない。本当に思いあたらないという表情をしていた。

「サチオ。お客さま?」

門の中から、声がした。開いた玄関から女が歩いてくる。

「ああ、ちょうどよかった」

男は、笑顔を浮かべ女に言った。

「詩波流、ここいらに他に藤枝ってお宅知らないか?」

彼女は、男の妻らしかった。女は、軽く会釈して首を傾げた。臨月に近いことはすぐにわかる。柔和で上品そうだが、滝水の記憶にある白鳥山の彼女とは別人だった。

彼女は、腹をかばいながら、門の内側に立った。

「藤枝……沙穂流さんって方を探しておられる」

彼女は、口許に手をあて、首をひねった。

「このあたり、他に藤枝って方は……心当たりないわねぇ。沙穂流……沙穂流さんっ

「いいお名前よね。サチオ」

そう呟くように言った。

滝水は、判断した。この人たちは、自分を欺そうとしているわけではない。これ以上、沙穂流という女性について知りえることはないと。

「失礼しました。何かのまちがいだったようです」

滝水は、一度も手帖を出すことなく、握りしめたまま、その場を後にした。

5

滝水は、部屋に帰ると、その夕のできごとを思いかえしてみた。

どう考えても何かがおかしい。

国府三丁目の住所には、確かに「藤枝」の家が存在した。だが、住人に「沙穂流」なる人物はいないという。

嘘をついている様子ではなかった。

気になるのは、彼女と同じ〝流〟という一文字を持った詩波流という女性がいたこと。

それからサチオと呼ばれた主人の顔に、沙穂流の面影を感じたこと。

あの主人の妹ではなかったのか？

今は嫁いで、あの家には住んでいないという理由があればわかる。しかし、本当に主人は知らないようだった。

他にどのような理由が考えられるのか？

滝水は、現実的な解釈に頭を巡らせた。

しかし、腑に落ちる状況は思いつかなかった。

やはり、幻だったのだろうか……。滝水はそんな結論にたどりついてしまう。消えてしまった斜面いっぱいの季節はずれの山芍薬の花。そして沙穂流。

そんな筈はないと滝水は思う。手帖が手許に残されている。これこそが、彼女が存在していたという証拠ではないか。

微妙に、どこかで何かがズレているという気がしてならなかった。ジグソーパズルのピースが、どこかで間違っている。そんなもどかしさが、まつわりついていた。

しかし、どこが、どのようにくいちがっているかということは言えない。

ポケットから出して再び机の上に置かれた彼女の黒い手帖が目に入った。

読んでみてもかまわないのではないか。

そう言う声が滝水の耳に届いたような気がした。

他に、沙穂流の所在を摑む方法は思いあたらなかった。何か決定的なことを見過ご

しているのではないか。そして、そのヒントに当たることは、この手帖の中でしか得

られないのではないか……。

滝水は手帖を手にとり、もう一度自分に言い訳して、ていねいに開いた。

読みやすい几帳面な文字が、小さくいっぱい書きこまれていた。

彼女の山行記録のノートだ。

登った山の感想。どのような山野草と出会えたか。天気はどうであったか。野鳥の

鳴き声が自分の耳にどのように聞こえたか。何を感じたか……。そして、ときおり鉛

筆で描かれた花やキノコの素描が加わる。

デザインを生業とする滝水だが、そんなスケッチのうまさには感嘆していた。

ぱらぱらとめくった。一つの山行に二ページ以上も費やされているときもあれば、天

候に恵まれなかったのか。「今日は、ついてなかった。最悪」で締めくくられている

時もある。いずれの文字も、彼女そのもののような気がした。端正で規則正しい。

手帖は三分の二ほどのページが書き込まれていた。

上福根山や、天主山、白髪岳、国見岳などの山行録もあるが、圧倒的に多いのは、

白鳥山への登山記録だ。

「やはり、一番、私が気持ち安らぐ山は白鳥山みたい。たたずまいがしっとりしてい

て、山中では、身体全部が山に包まれているという気持ちになれる……」

そんな一文が読めた。

沙穂流は常に単独の山行のようだった。そして、山に対しての想い以外の記述は、まったくない。ページをめくっているうちに、あることに気がついた。ページの上の隅に五桁の数字が記してある。最初は二七五一九だったものが、二九三二一だったり三一一一八だったりと変わっていく。

そうだ。最後のページだ。滝水はページをめくった。

あのとき、洞で自分がコーヒーを沸かしていたときも、彼女は手帖に書きこんでいたはずだ。

あのときは、自分と彼女は同じ場所で体験を分かちあっていた。ページをめくり続けた。記述が途切れたところを探して。

三三五一三とページの上に記されていた。

「去年と同じ時期を狙った白鳥山は大正解。今年もヤマシャクヤクの満開に出会えた。去年が五月十五日だったから、二日ちがいだけれど。

なんと突然の豪雨に遭遇。もっと、最後までのんびり気分でゆっくりヤマシャクを

愛でたかったのになあ。でも、不思議な体験……」

そこで文が切れていた。

二日ちがいだけれど……。去年は、五月十五日だったから……。

滝水は、その部分で、視線を止めた。今はまだ四月の初旬ではないか。どうしてそんな記述の誤りがあるのだろう。

三三五一三……。下の三桁は五月十三日ということだろうか。そう仮定すると文内の五月十五日と二日ちがいということになる。

記録を遡る。三三五一五のページがあった。

「うわぁ、大感激だった。初めて父さんに連れてきてもらったとき以上のヤマシャクの大群生。白鳥山って、本当に私を裏切らない山だと思う。来週だったら間にあわなかったかもしれない」

間違いない。とすると、最初の二桁は……年を表しているのだろうか。三三が今年で、三三が昨年。

平成三十三ということ？　それとも二〇三三年？

まさか。他に特殊な年号表記があったろうか。思いつかない。しかし、そんな馬鹿なことが。平成にしても西暦にしても遥かな先の時代ではないか。

あわててパソコンにむかった。カレンダーを検索した。二〇三三年五月十三日。沙

穂流の言葉を思い出したのだ。

パソコンで曜日表示が現れた。……金曜日。

「ジンクスってあたるんですね。十三日の金曜日って」

あのときの彼女の言葉は、何かの錯覚としかとらえていなかった。だが、彼女は錯

覚などおこしていなかったことになる。

そこで思いあたった。

もしそうだとすれば辻褄があう。国府三丁目の手帖の住所を訪ねたとしても……。

藤枝という家は存在しても藤枝沙穂流という女性は、まだこの世には存在しないの

だ。

主婦らしき詩波流という女性は、妊娠していた。あの臨月に近いお腹の子こそ、彼

女……沙穂流ではないのか。あの臨月に近いお腹の子こそ、彼

滝水は、電話帳をとり出して藤枝の名を繰った。国府三丁目……藤枝。

主人の名は、……そう……サチオと呼ばれていた。どう書くのか。

藤枝沙知夫、熊本市国府三丁目……。

あった！　思わず滝水は声に出していた。沙穂流の沙は父親から、流は母親から一

字をとってつけられた名前……？

主人の顔の輪郭と目許があれほど沙穂流と酷似していたことの説明がつく。

しかし……そんなことはあり得ないとも思う。

自分は、山の上で未来人と会ったというのだろうか。いや、一瞬、白鳥山という幽幻の地で自分の方が二〇三三年の世界へ迷いこんでしまったのかもしれない。

四月初旬というのに咲いている筈のない山芍薬の花に囲まれていた。そして雨上がりの洞を出て下山するときには、斜面から花々は消え失せていた。

あのとき二〇三三年五月十三日に迷いこみ戻ってきたのだ。それなら説明がつく。まるで隠れ里伝説のように。そして、まだこの世に生を受けていない美しい女性とひとときをともに過ごし忘れられずにいる。

滝水は、何やら足許がゆらぐような感覚に襲われていた。

では、この手帖も、ひょっとしてまだこの世に存在しない手帖ではないのか。未来に、沙穂流に起こることが記された手帖ということになる。

6

その日は、妙に人恋しくなっていた。

このまま自宅で自炊して食事をとる気になれず、船場から通り町の電停で下車した。上乃裏通りに小さな行きつけの店がある。味つけのいい小料理を出す店で、路地の奥にぽつんとある目立たない店だ。

「寒鯛夢」という店の名を染めぬいた暖簾（のれん）をかきわけると、早い時間にもかかわらず数人の先客がいた。

店は小さい。

八人も客が入れば満杯になってしまうカウンターだけの店だ。

先客のそれぞれが、滝水に「お久しぶり」とか「元気かい」と声をかけた。それぞれが一人でやってきている。だが顔馴染み（なじみ）ばかりの店だ。それに答えて腰を下ろした。

店の主人が、「お疲れさまでした」と、滝水のコップをビールで満たしてくれた。

それを一息にくいと飲み干す。

別に注文をしなくても、その日に応じたつきだしを出してくれる。耳ダコの煮もの、ワラビとタケノコの白和え。

右手に持った黒い手帖を、じっと見た。あれからいつも持ち歩いている。この手帖が手の中にある限り、あの白鳥山での沙穂流との出会いが、けっして夢ではないことを確認することができるのだ。

謎は謎として残されたままなのだが。

中年の男が、入ってきた。滝水の顔を見るなり「何か苦労してるの？　タキさん、眉間に縦皺をよせて。深刻そうですよ」と声を掛け滝水の隣に座った。滝水は、はあ、と答える。ときおり出会う常連の男だった。小説を書いているという。どんな話を書いているのかは、わからないが、ときどき「タイムマシン」とか、「次元の異なる世界」といった類のことを口走っているのを聞いた気がした。そのときは、妄想のような世界を書いている浮世ばなれした物書きという認識しかなく、あえてそちらの会話には、加わろうとはしなかった。そのような小説を書いているとすれば、常識に欠ける傾向のある人格ではないかという連想が働いたためでもある。

何という名前だったか？

たしか、加塩というペンネームだったような気がする。

加塩は、二口でビールを飲み終えると、冷酒を注文していた。酒の肴はあまり食べず、ひたすら、ちびちびと飲み続ける。

耳ダコを食べながら軽口を叩いたりする。耳ダコは九州は不知火海でしかとれない珍しいタコだ。成体で六センチほどしかなく、丸い両耳がついている。漁師たちは「とっかん」と呼び、捕獲量が少ないのであまり流通しない。

天気なことを言っていた。

「不思議な形のタコですねぇ。このタコ、東京へ持っていったらディズニーから商標
権侵害で訴えられないかなぁ、ミッキーのシルエットそっくりだもんな」といった脳

少し、滝水は迷ったが、加塩に声をかけた。

「タイムマシンとかの話を、よくされますよね」

加塩は、ちょっと驚いたように盃を止めた。

「いや、あまり、しませんよ。ゴジラとか、宇宙人とか、タイムマシンとかの話題は
……。アブナい人と思われるのは、厭(いや)ですから」

それから、盃をくいとあけた。本人は、常識人であることをアピールしたいのかも
しれない。彼にとっては、タイムマシンは、ゴジラや宇宙人と同列にあるらしい。

「アブナい人と思われるんですか?」

「ええ、私が喜々として、タイムパラドックスの話をしたりして、気がついてあたり
を見回すと、皆、薄ら笑いを浮かべて白い眼で私を見ていたりする。そういうとき、
皆がどんなことを考えているのか、わかるんですよ。この人はアブナいってね。だか
ら、人前では、そんな話は、あまりしません」

滝水は思った。これは、加塩の長年にわたる心理的な防衛作用なのだろう。

「私は別にアブナいなどとは思いません。たとえば、タイムマシンとかじゃなくって、時代を超えるような話は、知りませんか?」

加塩は、滝水の顔をじっと見た。滝水は、加塩の盃に酒を注いだ。加塩はうなずいて言った。

「滝水さんは、今日はよほど退屈しているんですかね。じゃあ、アブナい話をしましょうか。

一番、古い話では、おとぎ話で浦島太郎がありますよね。亀を助けたお礼に竜宮城へ迎えられる。数日間、歓待を受けて、故郷へ帰ると、時代は変わっていて、はるかな未来になっており、知人は皆、死んでしまっていたという……話。この世と竜宮城では、時の流れの速度が異なっているという話ですが、これは、竜宮城がタイムマシンの働きをしていますね」

滝水は少しがっかりした。そんな話は、知っている。

「未来の人間と、過去の人間が、タイムマシンなしで出会うという方法とかはありませんか?」

「そうだなぁ」加塩は、むさくるしいほど伸びた髪を掻きあげ、遠くを見る視線になっていた。

「だいたい、タイムマシンを小説の中で発明した人間は、過去へ行きたがるんですよ。これは、人間が誰しも郷愁というものに憧れを持っていることの証しですかねぇ。H・G・ウェルズという作家が、初めてタイムマシンという機械を考えついて作品に登場させたんですが、この作品の発明者は、八十万後の世界に跳んでっちゃいます。このときくらいかなぁ、未来へ行くというのは。

あとは、ほとんど過去を目指しますね。自分の父親を殺したらどうなるか……。とか、歴史的事実を改変できるかといったパラドックス系の話ですよ。ゼノンの逆説みたいなものですがね」

「現実に過去へ行くという話はないんですか?」

「ううん。眉唾ならあるなぁ。ヴェルサイユ宮殿を訪ねた某短大の学長と副学長の二人の女性が、道に迷って過去に入りこみマリー・アントワネットと会ったという話は聞いたことあるけど、何も証拠がない。

それから、サンジェルマン伯爵という伝説の人物の話がありますね。五十前後の年齢で、さまざまな時代を超えた会合に出席している。これも、主催者のメモに登場するというもので、信憑性はわかりません。第二次大戦中に連合国側が進駐した国々の方々で〝キルロイ参上〟といった落書きがあったということだから、身もとのわか

らない出席者の記述を、サンジェルマン伯爵としたのかもしれない。いずれも眉唾かなぁ」

　証拠……そう加塩が言ったときに、滝水はポケットの中の黒革の手帖に触れた。これが証拠だ。時を超えた人と出会ったという。しかし、奇譚だと断言する加塩に、それを見せたところで、手のこんだ悪戯だという程度にしか考えてくれないのではないか。手帖の品質にしても紙質にしても、未来を証明するものではない。あるとすれば、記述された内容だけだが捏造と言われれば、そこまでのことだ。

「ただ、私の好きなタイムトラベルの話は、人の〝想い〟で、過去を訪ねることができる話が多いですね」そう加塩は言った。

「人の〝想い〟ですか……？」

「ええ、まったく科学性のない情緒的な方法ですよ。ジャック・フィニィという作家がいましてね、彼の作品で多いんですよ。ある過去の一時点へ行きたいと思った男が、その時代の品物を揃えて、激しく念じることによって願いが通じる。つまり、過去へ行けちゃうという。リチャード・マシスンも、そんな話を書いていたっけなぁ」

「ある時代の品物……ですか？」

「そう。たとえば、明治時代へ行きたいと思ったら、その時代流通した貨幣を揃えて、その時代から現存する建物の中へ入って、念じて、その時代使われていた古着を着る。強く強く念じる。すると、その時代の中へ、うまくいけば跳ぶことができる。そういう設定かなぁ」

微妙にケースが異なると滝水は思った。自分が、未来世界を念じたわけではないし、沙穂流という女性が、過去へ行くことを念じたこともないようだ。

「現在の空間と、未来の空間がくっついてしまうような設定は、ありえませんか?」

「専門的になってきたなぁ」嬉しそうに加塩は顔を歪めた。「キップ・ソーンという学者がブラックホールとホワイトホールをくっつけたワームホールを利用したものを使えば、タイムマシンになりえるって説を出しているけど、一つの穴を超光速で移動させる必要がある。ということがまず、非現実的だから不可能でしょう」

そう言った。滝水は、尋ねた。

「山の中で、出会った人が、時代のちがう人だったなんてことは、ありえませんか?」

そう、最初から尋ねるべきだった。だが、加塩は、少し呆れるような顔をしてから腕組みした。それから言った。

「滝水さん、山の中で、ちょんまげはやした侍か何かと会ったの?」

「いや、そういうわけじゃなくて」

　加塩は笑った。

「いいなぁ。草の上で居眠りでもしたんでしょう。そういえば、隠れ里伝説とか、柳田国男の遠野物語に出てくるマヨイガとか、山の奥深いところに伝わるんだなぁ。あれも時空を超えるイメージがあるからなぁ。滝水さん、具体的には、どんな山？」

　滝水は、つられてぽろりともらしていた。

「白鳥山とか……」

「あ、あそこも、平家の落武者が隠れ棲んでいたという伝説があるよねぇ。平清経の住居跡があったんでしょ。隠れ里ってのは、平家の落武者とかが昔ながらに住んでいるんですよ。山の奥の地図にも載ってない場所で、昔の人々が昔ながらに住んでいるって。次にそこに訪ねようとしても、絶対に見つけることができないって。滝水さんの話、そんなイメージかなぁ。たしかに、白鳥山って、世間から隔絶しているし登山口へ通じる道路がしょっちゅう天災で閉ざされてしまうから、そんなイメージが湧いても不思議じゃありませんね」

　滝水は、それ以上、深く追及しなかった。そう……常識的に考えれば、その程度の答えしか返ってはこないはずなのだ。

沙穂流が、手帖を紛失していることに気がついたのは、国府の自宅でリュックの整理をはじめたときだ。

山行の記録帖が見当たらなかった。

それまで、下山してから自宅に帰りつくまでは、心地よい余韻にひたっていたというのに。

7

沙穂流は、ピアノ教師をやっている。週三回、楽器店に講師として通い、週末の土曜、日曜は自宅で個人レッスンを希望する生徒に教えている。だから、自分自身の時間は、火曜日と金曜日しかない。一人で生活する沙穂流は、火曜日を家事にあて、金曜日は、山へ登る日と決めていた。

山は白鳥山が多い。友人は、少ないほうではないが、休日があわないし、また、同じ時間を過ごすのであれば、山よりも街を選択する友人が圧倒的に多い。ペースを合わせるのも沙穂流は苦手だった。子供の頃から父親に山行に付き合わされ、山中での行動には馴れていた。だから、ときおり友人に登山に連れていってくれとせがまれ、

実行すると、顎を出して荒い息を吐く友人のケアだけに集中してしまうということになった。

だから、山へ行くときは、誰にも声をかけず、気楽な歩きを楽しむことにしていた。男友達はいるが、特定の男性に心魅かれたことはない。あまり多くの男性と交際する機会はないが、気にはしていない。興味の対象が異なる男性と話していても短時間で苦痛を感じるだけなのだ。自分の方から話題を振る気持ちもおこらないし。

音大生の頃は、部活の延長で異性から交際を申し込まれる機会が多かった。その頃から苦痛だった。口先だけで軽やかで、自分のお洒落と流行ものにだけしか眼を向けない薄っぺらな連中がいかに多かったことか。彼らは一様に「夢のない男は駄目だぜ」とか、「いまに、俺は世間をあっと言わせるんだ」と言った。内容を聞けばその夢の低次元さに呆れ、彼らの本心が、沙穂流を自分のアクセサリィの一部として所有したいということと、性欲の対象として好みだという本能むきだしの本音を垣間見てしまうだけで、嫌悪感がムシのように全身を這いずりまわるのだ。

心地よい余韻は、だから、沙穂流にとっては珍しい種類のものだった。

ふだん、金曜日の山中で、人と出会うことは滅多にない。もしあったにしても、恐怖を感じて道をはずしてやりすごすという防衛機能を身につけている。だから、山中

では、まず言葉を交わす機会なぞまったくないのだ。

だが、その日はちがっていた。

あの雨が降りだしたから。

雲がおかしかった。登り出した頃は、何とか下山までは天候がもってくれるにちがいないとふんでいた。

山頂まで、雨は降りださなかった。出迎えてくれたのは、山芍薬の視野いっぱいに咲き乱れた光景だった。

手帖の昨年の日付で山芍薬の時季であることは想像していた。しかし、数年毎に恵まれない年は巡ってくる。昨年が見事だったからといって今年もそうであるという保証は、ない。

しかし、山の精霊たちは、酬いてくれた。感動できた昨年に輪をかけて、すばらしい咲きざまを演出してくれていた。すべての花弁が固さを少々解きほぐし、開きかけるというまさに山芍薬のベストの時季に巡りあわせてくれたのだ。

充分に愛でつくしたと実感したときに、あたりの斜面を這うように、霧が風に流されていくのを見た。

それが兆候だった。

風は強さを増した。あたりの風景からみるみる明度が失われていった。

見上げると、上空は不吉な黒雲がのしかかっている。

不思議な光彩だった。黒雲の中で何ヵ所も紫色の光が走っていた。何だろう、あの雲は。これまで、そんな光輝を放つ雲を沙穂流は、知らなかった。

最初は、小降りだった。

急いで山を下りよう。山芍薬という最大のイベントは体験できた。急げば登山口にたどりつくまでに、雨に遭うことが避けられるかもしれない。

だが、沙穂流が一歩を踏み出したとき、雨が大粒に変わり彼女の額を打った。

遠くで低い腹に響くような雷鳴の連続音が聞こえはじめた。

沙穂流は不安感に捕らわれた。急ごう。急いで下ろう。そして雨の中を走り始めたとき、あの人の声を聞いた。

白鳥山の、そんな位置に、天然の洞があるとは知りもしなかった。そこへ見知らぬ登山者に案内されて、雨をしのいだ。

その会ったこともない男性のことを帰途は考え続けていた。

不思議な男性だった。

まったく生活感がない。いや、沙穂流の周囲で知っているかぎりの男性と比較して、

どんなタイプとも似ていないのだ。だから、そう感じたのかもしれない。

ひょろりと痩せた背の高い男だった。濃い眉とくっきりとした目鼻立ち。ただ、ひたすら、不器用には見える。だが、瞳が澄んでいた。口数も、多くはなかった。だが、一生懸命に自分のことを気遣ってくれた。それがわかる。

話しかたも朴訥だった。どう話していいか戸惑っているようにも見えた。だが、直感でわかる。あの人には、裏がない。

洞の外を眺めていたあの人の横顔は、はっきり記憶している。澄んだ眼で遠くを見ていた。あれだけの瞬間的な豪雨の中で、あの人と一緒にいることの安らぎを感じていた。言葉は交わさなくても何の緊張も感じることがない異性は沙穂流には初めてのことだ。

もう一つの不思議。

あの人は、コーヒーを淹れてくれた。

沙穂流は、あの香りを忘れない。

子供の頃、父が残念そうに話していたことを沙穂流は思い出す。あの頃、熱帯の異常気象と、新種の害虫のため、全世界のコーヒーの樹が絶滅したと聞かされた。

最後にコーヒーを飲んだのは、いつのことだったか。味は忘れていた。しかし、香

りだけは記憶していた。

あんな山中で、見知らぬ男性によってコーヒーが飲めたなんて。たしかに、幼い頃の、コーヒーの香りの記憶が、蘇（よみがえ）ってきた。何故、あの男性は、コーヒーを持っていたのだろう。特殊な培養法で育てた稀少品が、天文学的金額でネットのオークションにかかったというニュースを読んだ気がする。しかし、国内での話ではなかった。

合成された品？

わからない。

いずれにしても不思議な男性だった。

もう一度、あの人と会うことはないだろう。

でも、かなうならば、会いたい。

そう、リュック・カバーも借りたままになっている。返さなくてはいけない。

そして、沙穂流は、自宅で、おもいでの手帖を紛失していることに気がついた。

あの洞だ。白鳥山の。

そう沙穂流は思った。あのとき、山行の記録を数行書いたのは覚えている。コーヒーを飲んで、彼といくつかの言葉を交わした。そして雨が小降りになったとき、あわててあの場を去った。

洞の中のどこかに手帖は転がっているはずだ。

ひょっとして。

彼は、まだ、立ち去るときもあの場所にいた。彼は、帰り支度をする際に、手帖を見つけてくれたのではないか。

わからない。

そして、沙穂流は、傍らに置いたリュック・カバーを再び手にとった。

そこに　"彼"　の名前を見た。

滝水浩一。

彼の名前は、リュック・カバーの裏に縫いつけられていた。そして、彼の住所も。

熊本市船場町。そしてマンションの名前まで。

沙穂流は、しばらくその名前を見ていた。あの人の名前は、滝水というんだ。細見だが筋肉質のシルエットと、遠くを見る透明な眼差しが思い浮かんだ。沙穂流は決断した。――そうだ。このリュック・カバーを返しにいこう。

その決断は、もやもやしていたものが、瞬間的に凝固したようなものだった。熱病の初期症状から解放される。

決断すると、なんだか、すべてすっきりしてしまうような気持ちだ。そう

明日、自宅でのピアノ指導を終えたら、船場町に足を延ばしてみよう。リュック・カバーとコーヒーの御礼も言わなくては。ひょっとすれば、山の上で見た澄みきった視線の笑顔を見ることができるかもしれない。

8

日曜日、滝水は山に入った。

白鳥山だ。

登山口から、ペースが速かった。これまでにないことだ。

普段の山行であれば、こういう筈はない。山の小さな変化にも注意をはらってゆっくりとしたペースでいる頃なのに。枝からの芽ぶきを発見して足をとめたり、沢の流れで冷やしたワインの小びんを楽しんだりと、とりとめのない時を過ごすのが、常なのだ。

だが、このときは一途だった。息が切れるのもかまわず、がむしゃらに脇目もふらずに先を急いだ。

とにかく、あの場所へ、一刻も早くたどりつきたかった。彼女とあの日出会った水

上越方向のわかれ。

天気は申し分なかった。だが、山のたたずまいを充分に味わう余裕は、そのときの滝水にはなかった。数組の登山客を追い抜くとき、マナーとしての挨拶さえも忘れるほどだった。

先日とちがって、湿地である御池に着いたときも、まったく霧のかけらもない。クリアな緑だけがあった。

水上越の分岐までたどりついたとき、初めて滝水は休憩をとった。時計は、一時間強しか経っていない。彼にしてみれば、驚異的スピードで到着したことになる。

路傍の苔むした倒木に腰を下ろした。ペットボトルの水で喉を潤すと、あたりを見回した。やっと、山鳥の囀りが、滝水の耳に聴こえた。

ここで、山芍薬の花が咲き乱れていたのだ。だが、今、山芍薬の花は、気配さえもない。蕾の時季さえも迎えてはいないようだった。かわりにバイケイソウの繁みだけが目立つ。

滝水は人の声を聴いた。

近付いてくるが、滝水が願う人の声とはちがう。ウケドノ谷の登山口の方角から三人の中年女性が登ってくる。

今日は、登山客が多い、そう滝水は思う。

通りすぎるとき三人は、エコーのように滝水に挨拶をくれた。彼女たちは、そのま
ま山頂を目指すようだった。

姿が見えなくなると、滝水は立ち上がり、道をはずれて斜面を選んだ。

五分もせずに斜面を滑るように降りると、あの石灰岩の風穴、洞にたどりつく。あ
のときは、どしゃ降りだった。たどりつくので必死だった。

誰もいない。期待していたわけではない。

だがひょっとして藤枝沙穂流の気配を、感じることができるのではないかという、
かすかな望みを抱いていただけのことだ。

陽光があたりにあるだけで、浅い洞の中は先日よりも、一層、暗く感じられた。
この前と同じ岩の上に腰を下ろした。真正面から外に伸びた倒木が横たわっている
のが見える。

あの日、あの時、彼女は、あの倒木の上に腰を下ろして落雷に脅えていた。

そのときの様子までが、滝水にはありありと思い出せる。

数十年の時を隔てた女性。

何の異常現象が起こったのかはわからないが、滝水は、確かに、彼女に会った……。

そんな異常現象が、しょっちゅう発生するはずもないだろうと、彼は思う。

彼女は、滝水が淹れたコーヒーを本当においしそうに飲んでいた。

滝水は考えていた。

もう一度……ここにいない彼女にコーヒーを捧げようか。彼はデイパックを背中から下ろした。そしてバーナーを取り出そうとして……。

それを見つけた。

それは、岩の陰になる部分に置かれていた。くすんだ銀色の二十センチ四方の箱。金属でもプラスチックでもない不思議な材質だった。誰かが置き去りにしたものだろうか。前のときは、この位置には何も存在していなかった。

しかし、予感があった。

滝水は、それを手に取った。巻かれていたビニールテープを剝がすと簡単に箱は開いた。

滝水は思わず声をあげた。まさか、そんなものが入っていたとは。予想だにしないものを見たからだ。

滝水のリュック・カバーが小さく折り畳まれて収納されていた。あの日、彼女に貸したリュック・カバー。きれいに洗われて、箱の中に。

あれから、彼女はまた、ここへ訪れている。それが滝水にはわかった。忘れた手帖を探しに来たのだろうか。

箱の中に、もう一つ何かがある。

手紙だった。

「滝水浩一様」とある。

ナイフを取り出し、震える手で封を開いた。横書きの端正な、手帖にあったものと同じ書体がそこにあった。

滝水は、その手紙に目を走らせた。少しでも先まで、一刻も早く知りたかった。

「先日は、リュック・カバーをありがとうございました。

おかげで、中のものは濡れずにすみました。帰宅してわかったのですが、私の方も手帖の忘れ物をしたみたいです。

あのときは、何だか、いろんなことがあって、私もあわてていたのかもしれません。

実は、リュック・カバーを滝水様にお返ししようと、連絡をとろうと試みたのですが、どうしても連絡をとることはかないませんでした。電話でも、そして、住所に書かれた場所にも行ってみたのですが、滝水様の所在は、わからずじまいでした。どこ

かに転居なさったのでしょうか？

そこで考えあぐねて、このような方法をとった次第です。ひょっとして、滝水様は、再びこの洞を訪ねられるのではないかと考えて、何ヵ月先か、何年先のことになるかわかりませんが。きっとこのリュック・カバーがお手許に戻ることを祈りつつ。

それから、不躾（ぶしつけ）になる失礼を承知のうえで書いてしまいます。

もう一度、滝水様とお会いしたい。そんな気持ちでこの手紙をしたためています。

もし、御縁があり、どこかで再会できることがあればという祈りをこめて。

面と向かっては申せないかもしれませんが、先日、滝水様とお会いして以来、自分でもわからない不思議な気持ちを感じたままでいます。もう一度お会いできればと

……お手紙だと、こんな大胆なことまで記してしまいました。お許し下さいませ。

二〇三三年五月二十日

藤枝沙穂流

追伸　先日のコーヒー、信じられなくおいしく頂きました。震災で亡くなった両親と登った白鳥山で父が淹れてくれた味を思いだしました。もうコーヒーは、この時代、手に入らないと信じていたので、不思議でたまりません。忘れられない味になりそうです」

何度も、繰り返して滝水はその手紙を読んだ。この手紙をどのように解釈すればい
い？

正直、嬉しかった。しかし、何故？

さまざまな疑問が同時に噴き出していた。

この手紙は、二十数年後の未来からきたものらしい。何故、そんなことが起こりえ
るというのだろう。

滝水は思った。

藤枝沙穂流は、自分の住所を探した。しかし、今の自分の住所に、二〇三三年には、
自分はいないということなのか？

両親が震災で亡くなった……？

これから、そんな災害が起きるというのか。

ただ一つ、確信してかまわないと思えることがあった。

何よりも重要なことだ。

彼女も、滝水に、もう一度会いたいと願っているという事実。

洞の中に、箱に託してリュック・カバーを返そうとする。……そんな頼りなげな方

法を用いて彼に手紙を宛てる。それが悪ふざけなどであるはずがない。

滝水は、そう信じた。

自分が二十数年前の人間であることなど、彼女は思いもよらないにちがいない。

しかし、奇跡は再び起こっている。二〇三三年に書かれた手紙は、時を遡り、今、滝水の手許に届いたのだ。

何故？

この白鳥山の　〝場〟は、そんな不思議な力を有しているというのか。

しかし、そんな奇跡が何度も発生するという保証はない。

だが……彼女に連絡をとる方法は……一つだけある。

そう滝水は思った。手紙を残すことだ。同じ箱に入れて。そしてこの場に残す。自分の手許に届いたような時を超える奇跡が発生しなくても、二十数年の時が流れた後に、きっと彼女の眼にとまる。

この白鳥山の自然さえ変わらなければ……。

滝水は、手紙から、視線を洞の外に移した。

きらきらと光が舞う。

ブナの樹の間から、陽春の風さえも光りながら吹き抜けていく。

滝水は思う。

そう、この場所なら、どんな奇跡も起こりうる。世界から隔絶され、太古から永劫まで同じ風景を繰り返すのであれば、時間さえも、ときには順序を誤ったにしても、何の不思議も感じない場所ではないか。

9

その翌日、滝水は仕事を休んで、再び白鳥山を目指した。前夜にしたためた藤枝沙穂流宛の手紙を携えて。

滝水は、あの箱の中に、彼女の黒い手帖を納めた。それから、思いをこめた手紙を一緒に。

「藤枝沙穂流様

リュック・カバーとあなたからの手紙、確かに受け取りました。そして、このような奇跡に遭遇したことに大変驚いています。

先日の、この洞での雨宿りのときに、沙穂流さんの手帖を見つけました。それで下

山してお届けしようと、書かれていた住所を頼りにお訪ねしたのですが、お会いする

ことはできませんでした。

大変、不思議なのですが、その住所に、藤枝沙知夫さんと藤枝詩波流さんが生活し

ておられましたが、沙穂流という方はいないという返事なのです。

私が生きている現在は、二〇〇六年です。ひょっとして、沙穂流さんは、私の時間

では、まだ存在していないということではありませんか?

二〇三三年の日付を見て、それを確信しました。

どうして、この白鳥山で二〇三三年と二〇〇六年が巡りあったのかは、わかりませ

ん。時間の流れが渦を巻いたりとか、われわれがまだ知らない不思議な力が働いたの

ではと、いろいろな可能性を考えてはみるのですが、確実ではありません。

ただ、奇跡は一度だけではなかったということでしょう。

初めて沙穂流さんに巡りあえた奇跡。そして、今日、沙穂流さんからの手紙を受け

取ることができたという奇跡。

この白鳥山という〝場〟には、まだわれわれにもわからない霊力のようなものが残

っているのかもしれません。

そして、最高の奇跡は、私も沙穂流さんのことが忘れられなくなっているという事

実。私も、もう一度お逢いしたいと願う気持ち。これまでの人生にはなかったことなのです。

これからも、私は暇を見つけて、この白鳥山へ通うことにします。もし、条件が揃うようなことがあれば、沙穂流さんに再会できることがあるかもしれませんから。

そんな奇跡を願いつつ。

二〇〇六年四月十七日

滝水浩一」

その箱を、赤のビニールテープでしっかりと密封した。ひょっとして二十数年の歳月が彼女の手許に届くまでに必要な時間だとすれば、その歳月に耐えられるようにしておく必要があった。

洞に到着すると、ためらわずに、彼女が腰を下ろしていたあたりの倒木の下に箱を置いた。彼女のもとへ必ず届いてほしいと願いをこめて。

滝水は、それからバーナーで火をおこし、二杯のコーヒーを作った。自分と沙穂流のための。

それから、三週間程が経過した。

滝水は正直、諦めかけていた。

三週間続けて白鳥山へ入ったにもかかわらず、例の洞に置かれた箱は、誰の手にも触れることなく、そこに待っていた。

それが当然だろう。奇跡が何度も起こるはずはないと自分に言いきかせた。

四週目の白鳥山には、一層の思い入れがあった。その前の週に、山芍薬が蕾をつけ始めていたのを観察していた。

特別な週のはずだった。

その週は、滝水が沙穂流と出会ったときのように、山芍薬が白鳥山の斜面に咲き乱れているはずだった。

正常な時間軸であれば。

案の定、山中は平素とちがい、何組もの登山客と行き交った。滝水は、そんな状況での沙穂流との出会いは、望むべくもないかなと思う。奇跡の出会いは、人気(ひとけ)のない環境でしか起こりえないという思いがしてならなかったのだ。

斜面は幾組もの中年グループに占領されてはいたものの、山芍薬の開花は予想どおりだった。花々は、白く球状のままであった。下界の芍薬とは異なり、あくまで清楚

に。

一本ずつが凛として、それが一面にある。

彼女は、山芍薬の化身だったのではないか。そんな連想さえあった。

中年グループの姿が見えなくなる位置で、苔むした小岩のうえに腰を下ろし、ペッ

トボトルの水で滝水は喉をうるおした。

そのときだった。

「あなたは……」

すぐ横で声があがった。男の声だ。

滝水は顔を上げたが、咄嗟に反応ができなかった。

目の前に立っている男は……。

「こんな場所でお会いするとは……」

男は一人だ。だが大きな犬を一匹、お伴に連れていた。この大きな雑種犬はハナと

言ったはずだ。

「ヘェ、こんな山の中でお会いするとは思わなかった。山歩きをされるんですね」

藤枝沙知夫だった。滝水の顔を覚えていたらしい。沙穂流の父？

「藤枝さんですね。その折は失礼しました」

　沙知夫は、嬉しそうに滝水の前の石に腰を下ろした。人なつこそうな笑顔を浮かべて。

「ヘェ。山歩きをされるとは思いませんでした。ここへは、よく来られるんですか？」

「ええ」と滝水は答えた。「大好きな山なんで、わりと通ってるんです」

「そうですか。私もこの時季の白鳥山は、はずせませんね。やはり、今年も見事な咲きっぷりだ。来た甲斐があったというものですよ。ここに立つだけで、ほっとさせられる」

「そうです。まったく」

　滝水は合い槌を打つ。しかし、思う女性の父親と話すのは、やはり緊張するものだ。たとえ、沙穂流が、まだこの世に存在しないとしても。

「本当にいい山ですよ。ここは」滝水が言った。

「そうですか。嬉しいなぁ。私も大好きなんです。ところで、お探しの方は、見つかりましたか？」

「え、いや。連絡はとれました」

　少し、しどろもどろで滝水は答えた。嘘ではないはずだ。そして話題を変える。

「藤枝さんは、いつも一人で山へ来られるんですか？」

藤枝は、少々照れたような笑いを浮かべた。

「いつもは家内と一緒なのですが……。実は二週間前に……生まれたんですよ」

藤枝は、自分の腹の上で大きく弧を描く仕草をした。

「しばらくは一人で歩きますよ」

生まれた。

滝水の背筋を電気が走ったような気がしていた。藤枝沙穂流は、今、この世に生を受け自分と同じ時間を生きているにちがいない。

「おめでとうございます。きっと、素晴らしいお嬢さんに育つと思いますよ」

滝水がお祝いの言葉をかけると、藤枝は、驚いた顔をした。

「えっ。どうして、女の子とわかったんですか?」

滝水はしまった、と舌打ちをしたかった。もっと注意をはらうべきだった。

「いや、何となく、そんな気がしたんですよ」

そう滝水は答えるしかなかった。脂汗が噴き出していた。それから、おもいだしたように、付け加えた。

「あ、そういえば」

その内容は滝水にとって落雷に打たれたような衝撃だった。

「これ、伝える機会があればなぁ、ってよく思っていたんですよ。

ほら、家内が、あのときの、あなたが尋ねられた、沙穂流という名、すごく気にいってしまいましてね。……私の沙と自分の流が入っているといって。

それで、信じられないでしょうが、ついに沙穂流で届けを出してしまったんですよ」

沙穂流と連絡がとれなかったのかの理由が彼の頭の中で、組み立てられはじめていた。

足だけは、例の洞にむかって。

滝水は、藤枝と別れた後、複雑な気持が渦巻いていた。そして、何故この数週間、

10

連絡がとれなくなったのは、何故か？

滝水の頭の中で組み立てられたものは、いずれにせよ仮説にすぎない。

1. 時間流が奇跡的に巡りあう現象など、何度も発生するはずがない。幸運がたまたま続いただけのことだ。

2. 未来にいる沙穂流と連絡がとれなくなったのは、自分のいる〝現在〟に沙穂流

が誕生してしまったからではないのか?

3. まだ、自分が気がついていない〝要素〟が存在するのではないか? その要素が、この数週間欠けているのでは?

今、滝水の頭から離れずにある可能性は2である。

一つの時間に、同一人物が二人存在することは摂理として許されないのではないか。

偶然とはいえ、父親である藤枝沙知夫と再会して言葉を交わした故の推論だ。

しかし、沙穂流という名がつけられるきっかけが、滝水が藤枝家を訪ねたことだったとは……。

自分が訪ねなければ、彼女には他の名前が与えられていたのだろうか。いや、藤枝家を訪ねることは、最初から時間流の中の運命のプログラムに、組みこまれていたのかもしれない。

洞に足を向けたものの、滝水は、ほとんど希望を持っていなかった。

洞に座り、一人コーヒーを沸かし、沙穂流のおもいでに耽る。

おもいでといっても、彼女との邂逅の断片を再現しようとする虚しい行為なのだが。

儀式……そういったほうが正解か。

彼女に残した箱は、前回と同じ場所にあった。溜息をつき、苔むした岩に腰を下ろ

した。

そこで、滝水は、何か大事なことを忘れているという思いに捕われた。

藤枝沙知夫に再会してからずっと感じていたこと。でも、沙穂流が生まれたという

ショックで押し潰されてしまっていたこと。

何だったろう。

はっと気がついた。

自分は、さっき沙穂流の未来の死者と会っていたのだ。彼女の手紙にあったではな

いか。「震災で亡くなった両親」と。

それは、伝えるべきではなかったのか。災厄から逃れるための情報を。

伝えるべきなのか？　さだめられた彼の運命を変更させていいものか？

伝えるべきだった。

そう滝水は結論づけた。今、出ていけば、藤枝沙知夫を探し出せるかもしれない。

そうしたら伝えることができる。

しかし……そこで、滝水ははたと迷ってしまった。

探し出せるかもしれない。しかし、そこで、どう伝えればいいというのか。まるで、

雲を摑むような説明しかできない。

「あなたと奥さんは、震災で亡くなる運命です。用心して下さい」

そう言えばいいのか。それを聞いて藤枝沙知夫は、どんな反応をするだろうか。

——どこで、そんなことを知ったのですか。

——震災は、いつ起こるんですか？　私たちは、そのとき、どこにいるんですか？

——何故、あなたにそんなことがわかるんですか？

いずれの問いにも、どう答えていいかわからない。震災の時期もわからない。沙穂流が、父親と白鳥山へ登ったという記述があったから、今日、明日、あるいは数年後ということではないはずだが。

娘さんから、教えてもらったのです。成長した娘さんから。そう説明しても、こちらの頭を疑われるだけだろう。信用してもらえなくても、震災のくわしい日時がわかれば、気にはなるはずだ。災害が来る日に、注意していてくれれば、不幸は防げるはずだ。

方法は、それしかないと思った。

滝水はデイパックの中から、スケッチ用の葉書と、ボールペンを取り出した。そして、ペンを走らせた。

「藤枝沙穂流様

　また、今日、この洞に立ち寄っています。

　実は、先刻、あなたのお父さんと偶然に山道でお会いしました。

　先日、手帖を届けるために、国府三丁目の沙知夫さんの住所を訪ねたのですが、そのとき応対していただいたのが、お父さんの沙知夫さんでした。

　そして、先刻、お父さんとお会いしたとき、沙知流さんが誕生したことを知らされました。

　お父さんは、そのことを大変嬉しそうに話しておられました。

　そして、この洞にやってきて気がついたのです。お父さんが、震災で亡くなられているという事実に。

　もし、それが本当なのであれば、私は、あなたの御両親を救うことができるのではないかと思いはじめています。

　今の状態で、御両親に災害のことを知らせても御両親にとっては、雲を摑むような話としてしか受けとってもらえないのではないかと思います。

　あなたの御両親の生命を奪った災厄のくわしい日時、状況などをお知らせ頂けないでしょうか。そのことを知ったときに、すぐに、不幸から逃れるための方法をとりたいと思っています。

でいます。

その方法は、どのような方法がベストかということを、これから考えてみるつもり

御両親が震災で亡くなられたということは、一つの歴史の一部ではないかと思いま
す。私と沙穂流さんの力で、歴史を変えることができるかどうかはわかりません。し
かし、私としては、その事実を知りえた以上、御両親をお守りするのは、与えられた
使命だと考えています。

運命に楯つくのは、風車に挑もうとしているドン・キホーテ以上に滑稽かもしれま
せんが、それで御両親の生命が救えるのであるならば充分に、その価値はあると考え
ています。

どうかできるだけ詳細な情報を、お知らせください。

奇跡は、おこると信じています。

　　　　　　　　　　　　　　　　　　　二〇〇六年五月十五日

　　　　　　　　　　　　　　　　　　　　　　　　滝水浩一」

滝水は、葉書の表と裏に、いっきに、それだけの文章を走らせた。沙穂流に対して
の想いは一行たりとも入っていない。だが、沙穂流の両親を救うための思いは、十二分

に書きこんだつもりでいた。

この葉書を、前の手紙に添えることにしよう。

そう思って、彼女に残した箱の場所に視線を移す。

まさか。

電撃的に滝水はそのことに気がついた。

置かれていた箱の位置が微妙にちがう。そして、赤いテープが消えている。

あわてて、箱を手にとった。

開封されている。

間違いなかった。箱の中から、手帖と滝水の手紙はなくなっていた。

なにも中には入っていない。

沙穂流の返事も。

洞の中を見回した。誰かがこの箱を見つけ開封したのなら、手紙が読み捨ててある

可能性がある。

何もない。黒い手帖も。

あの手紙は、沙穂流の未来に届いたのだろうか？

何の確信もない。

届いているとすれば、沙穂流は何故、返事をくれなかったのだろう。

自分の手紙は沙穂流に届いた。いや、届いたはずだ。そう信じることにしよう。

滝水は胸の鼓動を激しく鳴らしながら、今、書き上げたばかりの葉書を折り曲げて、箱の中に詰め、赤いテープで封をした。

11

黒い手帖と一通の手紙が沙穂流のもとにあった。

あれから、何度となくその手紙を読みかえしている。

彼の住所を探してもわからなかったはずだ。彼が嘘をついているのではないとしたら、自分は、白鳥山中で二十七年前の人物と出会ったことになるのだ。

結局、リュック・カバーの住所にあるマンションで滝水浩一の所在を知ることはできなかった。マンションは存在したが、その部屋の住人は、別人だった。転居前の住所だったのかもしれないと、管理している不動産会社に問い合わせたが、教えてはくれなかった。

仕方なく、色々と考えた挙句に、沙穂流がとった方法が、彼と出会った洞に手紙と

リュック・カバーを置いておくというものだった。

もちろん、滝水浩一と出会った時が二十七年を隔てているという発想は、沙穂流に
はない。手紙とリュック・カバーを入れておく箱は、湿気のこない小物入れを選んだ。
どこの雑貨店でも売っている新合成樹脂の銀色の箱だった。

ただ、想いはこめた。彼の手許に必ず届きますようにとの願いをこめて。

そして、今日、自分があれほど大事にしていた黒い手帖が戻ってきた。予想もしな
かった形で。

彼、滝水浩一も、手帖を渡すために自分を探しまわったという。そして、信じられ
ないことに、死んだ両親と会ったというのだ。冗談で両親の名前を書いてくる人など
いないはずだ。それだけで、中九州大震災以前の時代ということがわかる。

そして嬉しかったことは、彼も、自分への想いを知らせてくれたことだ。この万人
が、瞬時に情報を分けあえるこの時代に、たった一通の手紙で想いを伝えあう。しか
も、そんな頼りなげな方法で。

でも、伝わった想いは、数十倍しっかりと受けとめられる。そんな気がしてならな
かった。

そして。奇跡だと思う。

再び、自分の手紙が過去へたどりついたのだ。何故だかは、

わからない。この時代でも、科学の力をもってしても果たせていない技術だというのに。

会ったとき、滝水浩一は、まだ三十代前半という外観だった。今、彼が生きていれば、五十代後半か、あるいは六十代といったところだろうか。まだ、社会的な活動を続けていても不思議ではないはずだ。

あの中九州大震災で、何ごともなければ。あるいは、この熊本ではない場所に住んでいる可能性もある。どのように年齢を重ねたのか。

会いたい。年齢を経ていてもいい。

そんな想いが噴きあげてきた。

何度も、手紙に眼を走らせた。そして、便箋の下の印刷に眼がいった。

TAKIMIZU DESIGNOFFICE

私製の便箋なのだ。

ひょっとして。

端末の前に座る。

滝水浩一で、キーワード検索する。

五件がヒットした。

二件は同姓同名らしい。北海道の大学の研究室のホームページに研究員の一人として載っていた。学生らしく、二十三歳とあるので別人と判断した。

三件が、同一のデータだった。

肥乃國日報デザイン大賞リストとあった。

二〇〇四年、及び二〇〇六年の大賞の名前に滝水浩一（タキミズ・デザインオフィス）とあった。二〇〇二年と二〇〇三年に同じく奨励賞の項目で滝水浩一の名前がある。しかし、その時の所属には、（肥之國広告社）とある。つまり、二〇〇三年に、滝水浩一は、広告代理店勤務から独立しているようだ。

しかし、以降の受賞者リストからは、滝水の名前は消えていた。それ以降は、デザイン大賞に応募していないのだろうか。それとも職を変更したのだろうか。

滝水浩一の詳細データは載っていなかった。それ以上のことは、わからない。

だが、滝水浩一が、デザイナーとして二〇〇六年の時代に存在していたのは、確実なのだ。

しばらく、そのままの状態で沙穂流は考えた。

それから、受話器を取り、短縮コードの一つを選んだ。しばらく呼出音がなり、画面は「非映像設定中」に変わった。

「もしもし」と声が聞こえる。眠そうな声だった。

「芽っちゃん？　私、沙穂流です。遅くにごめんなさい」

画像が光り、切り替わった。映ったのは、沙穂流と同世代の女性だ。「非映像設定中」になっていたわけだ。頭にカール用のヘルメットをかぶってパジャマ姿でいる。

「あー。サーホかぁ。久しぶりだよなー」

沙穂流の学生時代からの友人である今村芽里だった。広告代理店でコピーを書いている。まだ独身だった。

「芽っちゃん。頼みがあるんだけれど」

「なんだよー。飲みに行こーって話じゃなかったのか」

それから、沙穂流は用件を伝え、その後十五分ほど近況を伝えあってから、電話を切った。

翌日の夕刻、芽里が指定した時間に、沙穂流は、肥之國アドセンターを訪ねた。そこが、今村芽里の勤務先なのだ。

芽里は、ざっくりと刈りこんだベリーショートの髪をしていた。それで、就寝前にカール用のヘルメットをかぶるというのが沙穂流にはおかしかった。

「これはこれで、これなりに結構メンテナンスが大変なんだぜ」

評した沙穂流に、頭を撫ぜながら男言葉で芽里は弁解した。

「応接室に行こうか。しかし、沙穂流も何を考えているんだろうな。もう二十七年前のデザイナーだよ。何人か先輩にあたったけれど誰も知らなかったものな」

つまり、現在では、滝水の消息は、まったく途絶えているということらしい。

応接室に入ると、すでに芽里によって用意されていたらしいディスクが何枚も応接テーブルの上に置かれていた。

座った芽里は、大きな瞳を輝かせて尋ねた。そんなときの芽里は、本当に日本人離れしているように見える。沙穂流とは対照的だ。アフリカ系の血の入った美人モデルを連想させる。

「何で、こんな昔のデザイナーに突然興味を持ったの？　うちの関係では誰も知らなかったのに」

どう答えたらいいものか。本当のことを答えても、とても信じてはもらえないと沙穂流には思えた。だが嘘はつきたくなかった。

「うん、言っても信じて貰えないと思うから」

それだけ言った。

芽里はタバコをくわえて火を点けた。口には出さないが芽里のいやなところは、沙

穂流にとっては、これだ。

「ふうーん。サーホ、今も山に登ってる?」

「登ってるよ」

沙穂流はどきっとした。何故、芽里は、そんな話題に変えたんだろう。

「ふうーん。男だな。男ができたな」

何故、山に登ることで、芽里がそのような連想をもったのか、沙穂流にはわからなかった。

「よし、見せよう」

芽里は一枚のディスクを出し、テーブルの上の装置に入れた。それからディスクカバーを見ながらナンバーを打ちこんだ。

装置の上の空間に映像が浮かびあがった。

「あ」

それは、一枚のデザイン画だった。簡略化された背景と、細密画の野鳥のコントラスト。

「ノビタキのオス」沙穂流は、言った。

芽里は眉をひそめた。

「それ……。この鳥の名前なの？　よく知ってるわね。性別までわかるの？」

芽里は感心しているのだ。

「身体が赤いでしょう。これオスなの。春から夏にかけて、よく見るわ」

「山で？」

「そう」

「この滝水浩一という人、だいたい三枚ずつの組画で応募しているみたい。これは、一番古い二〇〇二年の奨励賞のぶん。次のにするから」

「アカゲラ」

「ゴジュウカラ」

浮かびあがる画像を見て、次々に沙穂流は野鳥の名を言った。

「凄い、沙穂流。よく知ってるね」

「うん、覚えようとしたんじゃなくて、山に登っているうちに、自然と覚えてしまったの」

沙穂流は、滝水の作品に見入っていた。あの人がデザイナーだったら、いかにも取りあげそうなモチーフではないか。どの野鳥も、まるで生きているかのように活き活きしている。

それから二〇〇三年のディスクに移った。今回は、三枚組のキノコだった。夏のキノコの真っ赤な傘のタマゴタケ、初秋に出る唐松林のハナイグチ、そして白っぽいロウソクのような質感のブナシメジ。

山を歩いていて滝水が心魅かれたキノコたちなのだろうと、微笑ましく沙穂流は思った。

「これで、奨励賞分は終わり、二〇〇四年で大賞はこれ」

今回は、三枚の野草の組合せだった。

最初の一枚はフタリシズカだった。そして二枚目は紫色の奇妙な形をしたトリカブトの花。三枚目がヤマシャクヤク……。

いずれも空間のとりかたが絶妙だった。花々は、画面の六分の一くらいの位置にあり、抽象的なデザインと組み合わせられていた。

「どう。これみんな山に関係あるんじゃネ」

得意そうに、芽里は言った。

「山で男と知りあって、この滝水というデザイナーのことを教えてもらったんだろう！　うん。そうにちがいないと睨んだね」

沙穂流は微笑んだだけで、肯定も否定もしなかった。ただ、山芍薬の花の質感に驚

嘆していた。あの人は、こんな眼でヤマシャクを眺めていたんだ……。

沙穂流の内部で何やら清々しいものが溢れてくるのが自分でわかった。自分が、滝水という男性を好きになったのは、たまたま偶然ということではない。必然だったのだと確信していた。

「二〇〇五年は、この人、応募していない。二〇〇六年が、最後の応募になる。これは、正直言って……私、仰天しちゃったヨ」

「何が……？」

「見てみりゃわかる。説明がつかない」

謎のような言葉を芽里は言った。ディスクを取り替えようとする芽里に、もっと山芍薬のデザインを見ていたいという衝動に駆られていた。

だがディスクは新しい映像を浮かび上がらせた。その片隅に岩に腰を下ろした若い女の細密画。これまでとイメージが変わっている。

滝をデフォルメしたデザイン。

「これだよ」と芽里が言った。装置を操作した。浮かび上がった絵の一部が拡大されていく。

若い女の小さな細密画に芽里は焦点を合わせて。その表情まで拡大されて。

沙穂流は思った。これ……ひょっとして。

「この女の顔、サーホだよ。サーホの横顔だよ」

間違いなかった。二十七年前のデザイン大賞の作品に……滝水浩一の作品として沙穂流が描かれているのだ。

芽里は、次の作品を映した。次は山芍薬の花畑をデザイン化した中に佇む沙穂流。

そして、三枚目。洞の中がデザイン化されていた。倒木に腰を下ろし、シェラカップを口許にあてた沙穂流。

「どうしたの。泣いてるじゃないか、サーホ」

沙穂流は気がつかなかった。涙が溢れ出て頬をとめどなく伝っていることに。

              12

滝水は、予知とか、超常現象といった類のことに、これまでの人生の中で一切、興味を持つことはなかった。

だが、その日、白鳥山を目指しはじめたときに、何故か胸騒ぎがしたのだ。胸騒ぎには、不安感の伴ったものと、何かを期待してもかまわない気分になれる胸騒ぎとが

あると思う。これは、予知などの超常現象とは関係ないと信じている。

その日、滝水が選んだのは椎葉越の先にある登山口だった。カラ谷登山口よりも傾斜は急になるし、心なごむような景観にはあまり恵まれない。傾斜もガレ場一歩手前の石くれだらけだ。おまけに途中には碌に間伐もなされていない荒れた杉林とスズタケの細道も待っている。

ただ、このルートのプラス面もある。

あまり登山客には出会わないということと、頂上まで最短時間で到達できるという点だ。秋にキノコ狩りで、この山を選ぶ者にとっては、いかに早く山頂近くの斜面に着くことができるかが最優先で、その連中はこのルートを選ぶことが多い。

いかに早く山頂近くにたどりつくか、あの洞を目指すかが、そのときの滝水の優先課題である。

岩に足をかけ、歩数を稼いでいるときに、何故か、そんな胸騒ぎがあった。前回よりもバイケイソウは一段と丈を高め白い花をつけていた。

ジャッ、ジャッ、ジャッと鳥の声がする。続いてフィーチョ、フィーチョという啼き声に変わった。見ると、このあたりでは珍らしいノビタキの姿があった。丈の高い草の上に止まって、何かに呼びかけている。腹が茶色く、頭が黒っぽいからオスだろ

うと判断した。その先に、珍らしいことに全身が茶色っぽいメスのノビタキの姿が見えた。

このようにカップルで姿を見せてくれるとは。滝水が足を止めると、ノビタキたちは、飛び去っていく。その姿を見送った。

おまえの姿をデザインで起こしたことがあるぞ。久しぶりだったな。

そう心の中で話しかけていた。

不思議なことに、その日は、心穏やかでいられる。何故だろう。

一つ思いあたることがある。

この数週間、いつも心の片隅に沙穂流のおもかげがあった。引き受けたデザインの仕事をやる合間に、紙片の隅にその彼女のおもかげを図案化している自分がいた。気がつくと、十数枚の紙片に、沙穂流の断片があった。

前日の午後、さすがにこれではいけないと思う自分がいて、仕事をストップさせた。

それから、集中したのは、沙穂流の肖像画を描くことだ。

写真一つ残されているわけではない。たまたま引き出しにあったスケッチブックに、頼りになるのは自分の頭にある沙穂流のおもかげだけだった。あたかもモンタージュ写真を作るかのように、顔の輪郭からスタートさせた。これだという

木炭を使った。

線が復元されるまで、何度、消したことか。それから瞳。長い睫毛。ラフ線に沿って眉と口許を入れる。気にいらずに描きなおす。

うつむき気味の沙穂流像が仕上がって時計を見た滝水は驚いていた。あっというまに三時間が経過していたのだから。それだけ、打ちこんだということか。

だが、その出来ばえに滝水は満足していた。長い黒髪に、濡れた質感まで与えることができたのだから。

画から、離れて眺めた。

そうだ。沙穂流だ。あの時、落雷の直後に顔をあげたときの。

その自分のためのポートレイトを、滝水は仕事机の前に貼っている。これほど満足した形で再現できるとは。

続けて、横顔を描きたいという衝動に駆られるのを必死で抑えた。横顔を描けば、次は正面画を描きたくなってくるのがわかっていた。それは、次の楽しみにしよう。

それほどに、必死で描きあげたのは、いつ以来だろうかと思う。

最近は自分の仕事そのものにマンネリ感を持ちはじめている。請けた仕事をこなすだけ。好みの自分の仕事も気の乗らない仕事も関係ない。山へ出ることだけを楽しみに日々

を送っている。

昨年は、デザイン大賞への応募もさぼってしまったほどだ。描きたいモチーフにも出会えていないし、仕方のないことだとは思うが。

沙穂流を描きあげた日から、ふと眼がその画を追っている自分に気付く。会えなくても、声を聞くことができなくても、一瞬だが、その画を見て心癒されている自分に気付くのだ。

今朝も、自宅を出るとき、沙穂流の画を見た。気のせいか、その画の中で滝水は沙穂流の微笑を見たような気がしたのだ。

スズタケの藪の中を走る細道を抜け、登りが終わると、平家の落人の屋敷跡地に出た。屋敷跡地といっても、何か残っているわけではない。一本の立て札に、その由来が記されているだけのことだ。

立ち止まって、小休憩をとった。かなりのペースで登ったのだろう。登山口をスタートして、まだ一時間も経っていない。

他の登山客の姿は、まったく見られなかった。この時季になると白鳥山では、特筆する著名な野草はない。だから、登山者たちは、九重や祖母といった山々に押しかけているのだろう。それは、滝水にとって静かな山を味わうに願ったりというところで

はあるのだが。

遠くで郭公の声が聞こえる。もう季節は、梅雨を通り過ぎて初夏を迎えたのかなという錯覚さえもった。

洞の手前で、滝水は早足になった。

彼女に残した箱を確認した。それは、前回と同じ場所に同じような向きで置かれていた。滝水は溜息をつき苔むした岩に腰を下ろした。

リュックを背中から下ろしたとき、電撃的にそのことに気がついた。

まさか。

置かれていた箱のテープ。

赤いテープだが、テープの幅がちがう。自分の貼ったテープじゃない。

あわてて箱を取り上げ、テープを剥ぎとった。前回と同じ封筒。そして、その中の、馴染みになった沙穂流の手紙があった。

前回と同じ封筒。そして、その中の、馴染みになった沙穂流の文字。

「滝水浩一様」

その文字を追うことも、もどかしく感じていた。

信じられない嬉しさで、いっぱいです。たしかに、私の登山手帖は手許に戻りました。

実は、あまりの嬉しさに、その日は、お手紙の返事をしないまま、帰宅しました。

そして、明日、また白鳥山に登ろうと、この手紙をしたためているのです。

そして、お手紙を頂いてから、今日までの間に、私なりに、滝水様にお会いできる方法はないものかと、さまざまな方法で調べていました。

一時は、そんな時間を隔てた出会いがあるものかと疑っていたのですが、滝水様の時代が本当に二〇〇六年であることが、わかりました。

その驚きは、とても言葉に表しようがありません。デザイン関係のお仕事をなさっておられたということ。そして、素晴らしい賞をいくつもとっておられたということ。作品も拝見させて頂き、あまりの素晴らしさに、圧倒されてしまいました。私が白鳥山にこよなく魅かれているからかもしれませんが、その作品はより深く私に伝わってきたのだと思います。

ノビタキの姿は、あたかも生あるもののようにはばたいていましたし、タマゴダケの愛らしさと鮮やかさは息を呑むほどでした。そして、山芍薬の作品群では、大賞をおとりになったそうですね。あの洞のときのおもいでと重ってしまい涙がとまりませんでした。

このような素晴らしい作品をものされる方とは……。きっと、ぴったりと私の感性にも納まってしまったのでしょう。資料を探してくれた友人にねだって、すべての作品をコピーしてもらったほどです。

今、また、お手紙を読みかえしました。すると、どうしても、もう一度、滝水様にお会いしたいという気持ちはつのるばかりです。いったい、私はどうしたというのでしょう。滝水様の気持ちを知ることができたのも、想いに輪をかける結果になったのかもしれません。

これからも、私は白鳥山へ通い続けるつもりでいます。もし、奇跡が再び微笑んでくれたらという淡い期待をこめて。

もし、お会いできなくても、時を超える便りを、お待ち申しあげております。

二〇三三年六月九日

藤枝沙穂流」

だが、まだ、沙穂流は、災厄の日時や詳細を知らせてはくれていない。まだ、彼女

滝水は、大きく溜息をついた。酬われたのだ。再び、沙穂流の手紙は過去へと遡ったのだ。

の手許に次の手紙は届いていないのだろうか。

13

滝水の事務所兼自宅のマンションに珍らしく来客があった。

肥之國広告社で営業をやっている長者原元だ。滝水の肥之國広告社時代の後輩に

あたる。滝水のセンスを信頼してくれていて、頻繁に仕事を回してくれるのだ。

同じ社で仕事をやっていたときも、仕事を離れて、よく一緒に飲んだりもした。長

者原は屈託のない素直な性格で、滝水も全幅の信頼を置いていた。

「先輩、どんな具合ですか？　もう、プレゼンまであまり時間ないんで気になって」

そう電話の先で、長者原が言った。

「心配だったら、様子を見にきたらどうだ」

滝水は思わずそう答えて、しまったと舌打ちしたくなったが取り消すわけにもいか

なかった。他の納期が重っていたこと。プレゼン用だから、完成品でなくラフの形で

いいなら時間はあまりとらないだろうとたかをくくっていたこともあった。だが、現

実には、案もよく固まってはいなかったのだ。

「あ、じゃあ、今から伺います。ケーキでも買っていきますから、先輩、コーヒー御

馳走して下さい」

そんな返事がかえってきた。

一時間ほどでやってきたとき、長者原は約束どおり、小さな菓子箱を持参してきて

いた。

「いかがですか、すすみ具合は」

今やっている途中だと、滝水は説明して進行具合を見せた。

「あっ、もうできたも同然じゃないですか。先輩みたいに仕事速くて、センスがいい

人って滅多にいないから貴重ですよねぇ。もう、待たせてもらったら、持って帰れま

すよねぇ。

俺、待ってますよ。今日、文庫本も持ってきているから、気にしないで仕上げて下

さい。終わってからケーキ食べましょうネ」

言いかたはソフトだが、長者原は確実に仕事をこなす。その性格が見事に表れてい

た。仕方なく、背後の長者原を気にしつつ、専念せざるをえない。

一時間ほどで、その仕事を終えた。色を付ける必要がない分、楽な仕事だった。

封筒に入れ、長者原に手渡し、コーヒーを淹れにキッチンに立った。

仕事場に戻ると、長者原は立ち上がって、食いいるように見ていた。

沙穂流の肖像を。

「すげえ美人だなぁ」と呟いていた。滝水がコーヒーを置いて咳ばらいすると、長者原は、あわてて沙穂流の画から離れた。

「先輩。誰ですか。あの画の女性。モデルがいるんでしょ」

「ああ」

仕方なくそう滝水は答えた。長者原は、深く関心を持った様子できいた。

「誰なんですかモデル。女優とかアイドルとかでもありませんよね。こういう上品な、知性的というか、しかも完璧な美貌を備えた女性って見ませんよ。ある種、理想的な存在ですよね。先輩の、彼女ですか」

どう答えたものか、滝水は返事を留保した。

「誰ですか、教えて下さいよ」

仕方なく答えた。

「沙穂流っていうんだ。変わった名前だろう。まだ一度しか会ったことはない。実物は、もっと感じがいい」

そう言いつつ、滝水は自分の頬が赤くなるのを感じていた。

「ヘェ。さほるさんってんですか。いい名じゃないですか。忘れない名前ですよ。一度しか会ってないって……ふられたんですか?」

滝水は呆れて、答えを返さなかった。代わりに「ほい、コーヒー」と応接テーブルの上にマグカップを置く。

長者原は、そこまでで興味の焦点が移ったらしく、ラフ案の入った封筒を後生大事に抱えたまま、ソファに座った。

マグカップを顔に近付けて匂いをかぐ。

「いい香りだなぁ。俺、色んな喫茶店に行くけれど、先輩のこさえるコーヒーが一番うまいと思うんですよ。とにかく、カップを顔に近付けたとき、すぐ違うってわかる。本当にここでコーヒー飲むの楽しみなんです。だからケーキも買ってくるんです」

お世辞ばかりというわけでもないだろうと思う。滝水は、沙穂流がコーヒーをおいしいと言ってくれたことを思い出してしまう。

「もう、このまま、プレゼンに出すのか?」

滝水は尋ねた。

「あ、一度、課長のチェックを受けてから、明日一番で出しますよ」と答えた。そうか、じゃあ、そんなに根を詰めることはなかったかと思う。

長者原が、話題を変えた。

「先輩。今年はどうするんですか？」

質問の意味がわからなかった。

「なにが？」

「肥乃國日報デザイン大賞ですよ。昨年は応募していなかったでしょう」

気にはかかっていることを、滝水は後輩にずばりと指摘された形だ。

「一昨年は大賞をとられたじゃないですか。昨年も出品しておられるのかなと思っていたら出しておられなかったから」

そうだ、マンネリを感じていたから応募する気にもなれなかった。

「絶対、今年は応募した方がいいと思いますよ。プレゼン出すときも、旬のデザイナーですよって胸張って言えますし、結構クライアントも見てないようで注目していたりするんですよね」

応募すべきだと長者原は言っているのが滝水にはわかる。言外に、仕事をまわすときは、その方がまわしやすいんですよと言っている。

「締切はいつだったっけなぁ」

「七月の末ですよ。今から充分に間に合いますって」

そう断定的に言って、長者原はコーヒーを飲み干した。

沙穂流も書いていた。自分の作品を二〇三三年の世界でも見ることができるのだ。

「だが、モチーフがないんだよな」

自嘲的な口調で滝水は言った。

長者原は、大きく頭を振ってみせた。

「何を仰有いますって。先輩。モチーフなんて、先輩のまわりで、ごろごろ転がっているじゃありませんか。

これまでの応募作品は皆、山歩き関連のシリーズじゃありませんか。最初のときは野鳥シリーズだったでしょう。それからキノコシリーズで、大賞が山野草のシリーズ。まだありますよ。山女魚とか岩魚とか鮎はどうです。まだ魚がない」

滝水は、あまり気が乗らなかった。あまりに安易に流れすぎるし、画として連想するものにも、あまり触発されない。その反応を、敏感にわかるというのは長者原の天賦の才のようだった。

「あれ!」

そう叫んで、長者原は、滝水の背後を指でさしていた。

「あの女性ですよ。さほるさん。

あの女性をシリーズで描いたらいい」

滝水は、虚を突かれた思いでいた。長者原に指摘されるまで。していた。長者原に指摘されるまで。

「彼女をモチーフに使うっていうのか」

長者原は、そうだというように、何度も首を振っていた。

「そうですよ。山のデザイン画に、彼女が山で楽しんでいるイメージの細密画を組み合わせるんです。清涼飲料水でも、夏菓子でも使えるじゃないですか。三枚でなくても、五枚でも六枚でも。あのポートレイト見た瞬間から、ずっと俺、思ってましたよ」

もちろん、長者原の熱っぽさだけが、要因ではない。沙穂流から受けとった手紙のことも、思いだしていた。

自分の作品を、すべてコピーしてもらうほどに気にいってくれた。今度、デザイン大賞に応募するとすれば、それは、誰のためでもない。

沙穂流のために仕上げよう。

「長者原、頂くよ。そのアイデア」

滝水がそう伝えると、長者原は、本当に嬉しそうに笑み崩れた。

14

滝水浩一から藤枝沙穂流への手紙

「藤枝沙穂流様

今回も、どうにも説明のつかない形で、沙穂流さんの手紙は、私の手許に届くことができました。

でも、説明がつかなくてもかまいません。様々な理由、そして法則性を思いめぐらせていたのですが、最近は、あまり意味のないことだと考えるようになりました。それよりも、私が、こうやってあなたに気持ちを伝えることができるという事実こそが、大事だと思っています。

今日もまた、白鳥山へやってきました。

実は、沙穂流さんにおことわりしておかなくてはならないことがあり、記しておくことにします。

沙穂流さんが指摘されたとおり、私は二〇〇六年の世界では、デザインを生業とし

た仕事についています。

　御承知のとおり、いくつかの賞を受け、日々の仕事をこなしてきましたが、最近では、自分の仕事ぶりにマンネリを感じておりました。日々、請けた仕事をこなしてはいるのですが、それは前向きなものではなく、機械的に自分の能力のストックを吐き出していたにすぎません。そんな自分の仕事は、いつか消費者にも飽きられるときがくるという漠然とした予感もあって、仕事に向き合う姿勢も、最近では自分でも投げやりになっていると感じていました。その証拠に一昨年迄は、恒例として応募していた、デザイン大賞も、昨年は、何だかんだと自分が応募しない言い訳を自分に言い聞かせて、結局出さずじまいに終わってしまいました。

　今年は、そんな自分を変えてみたいと考えています。そんな気持ちが、今、ふつふつと湧いてきているのが自分でもわかります。

　これまで、白鳥山へ登るのは、仕事から世間から離れて自然の中へ身を置きたいからだと自分では思っていました。でも、今、考えてみると、それはやはり、私にとってはある種の現実逃避だったことに思いあたります。そのうちの一つが、遥かな未来の沙穂流さんと出会い、そして私の作品に対してエールを送って頂いたこと。大変に大きな動機づ

けです。

あれから、私はあなたのおもかげを忘れることができず、記憶だけを頼りに沙穂流さんの肖像画を描いてみました。自分でいうのも何ですが、会心の出来あがりになった気がします。ですから、今は日夜、肖像画の沙穂流さんに話しかけている日々です。

実は先日、知人から、肖像画の人物をモチーフにして作品を仕上げろというアドバイスを頂きました。私としては、まったくその発想がなかったのですが、アドバイスを受けてから、大変、創作意欲が湧いてきています。すべての作品に沙穂流さんを登場させるつもりでいます。そして、その作品群で今年は自分の能力を世に問うてみたいと考えているのです。

この作品で賞を貰えるかどうかは、まったく未知数です。すでに二十七年後の未来では結果はでているでしょうし、沙穂流さんも、御存知のはずと思います。でも、現在の私にとって、結果など、どうでもよく、沙穂流さんによって点けられた創作欲への炎が徐々に燃えさかりはじめていることを感じることができるのが、嬉しくてならないのです。

今日の白鳥山は、またひとついつもとはちがった見えかたがしています。どうも、

デザインを生業とするものの眼になっているようです。すべての風景の中に沙穂流さんがいます。渓流沿いの岩の上にも。苔むしたドリーネの縁にも。ブナの大樹の蔭にも。想像の沙穂流さんのシルエットが。まるで妖精のように。

二〇〇六年五月二十二日

滝水浩一」

藤枝沙穂流から滝水浩一への手紙

「滝水浩一様

大変、不思議な気持ちがします。

滝水様は、白鳥山中で私の父と会われたそうですね。それは、三十歳のときの父だと思います。きっと、白い大きな犬を連れていたのではないでしょうか？　私が小学校に通いはじめる迄、仲良く遊んでいたハナだと思います。父は、よく山中へ入るときにハナもお伴させていましたから。

そして、滝水様からの葉書を手にして、さまざまな想いが、こみあげて来ました。

幼い日に両親と過ごした団欒（だんらん）の時間。ハナと通った公園。初めて両親に連れられて登った山（これは、五家荘（ごかのしょう）ではなく、金峰山だったという記憶があります。つらくて途中で泣き出してしまったという笑い話もあるのですが）。

久しくおもいだしていなかった。というより意識の底に閉じこめてきたような気がするのです。

十代後半の突然の中九州大震災で両親を失ってからの数年は、叔母のところで暮らしました。そのときのたとえようもない悲しみを思い出したくないという気持ちからと思います。

過去は、変えることができるのでしょうか。

お葉書を読んで色々と考えています。

もし今も両親が健在でいたら。

そうあってくれたら、どんなに嬉しいでしょう。一人で迎えた成人式のあの淋しさが、なかったことになるのなら。そう願っている自分がいます。

いつの日か、どんな肉親とも別れを告げなければならないということは承知しています。でも、私にとっては、あまりにも突然で早すぎるできごとでした。

もしも、それがかなうのでしたら、両親の生命を救って頂きたい。こ
できるなら。

れは、本当にせつなる願いです。

事実だけを記しておきます。

中九州大震災は、二〇二四年十月十五日火曜日の午前三時四十八分に、立田山断層を震源として発生しました。マグニチュード七・八の直下型地震で、最大震度七の激しい揺れが起こり、熊本市を中心として甚大な被害が発生しました。死者一万三千四百七十二名、行方不明者五名、負傷者七万人以上、家屋の全半壊四十一万軒、地震による火災での全半焼八千四百軒

これが、記録上での中九州大震災です。私の記憶による震災は、夢から醒めたとき、地鳴りを聞き、閃光を窓の外に見ています。それから数瞬後に部屋が凄まじい勢いで回り始めました。いや、回っているのではなく揺れていたのですが、私にはそう感じられたのです。本棚から本が生きもののように飛び出し、洋服ダンスが倒れかかり、家そのものが、"落ち"ました。それが、すべて一瞬です。

私は、二階で寝起きしていたのですが、両親は、一階の寝室にいたのです。家屋が崩壊し、両親は、一瞬にして圧死したと推定されています。

これが、そのとき記憶しているすべてです。その後、私がどのような行動をとったのかはわかりません。すっぽりと、その部分の記憶は欠落してしまっているのです。

あのときの地鳴り、そして閃光は、今でも夢の中に出てくるほどです。

滝水様と白鳥山の洞で出会ったとき、稲妻と雷鳴が轟いておりましたね。あのとき、私が顔を伏せていたのは、状況が中九州大震災の記憶を連想させてしまったからなのです。

よろしくお願いいたします。

滝水様がおられる年が二〇〇六年。それから十八年後のできごとです。この地震が防げるとは、到底考えてはおりません。しかし、もし、滝水様の力で両親の生命を救うことができるのであれば、何とか、お願いしたいと思います。

二〇三三年六月十六日

藤枝沙穂流」

15

自分の出す手紙と、沙穂流から受け取る手紙に微妙なタイムラグがあることは気がついた。滝水が今回受取った沙穂流からの手紙の内容は、先日自分が出した、沙穂流の父親に震災のことを知らせるか否かについての回答になっている。

この世界で、未来のことを知らせていいものだろうか。時あるいは運命というものを人の力で左右することは可能なのだろうか。もし可能であれば、何か副作用といったものは発生しないのだろうか。

すぐに沙穂流の両親に知らせなければと、下山時には考えていた。だが、帰宅してみると、そんなことが、頭の隅に引っ掛かっている。湧きあがった創作への衝動も、ブレーキがかけられたような状態だ。

夕飯を食べるために、「寒鯛夢」へ行った。ひょっとすれば、SF作家の加塩が来ているかもしれないと思ったからだ。未来に発生する災害の情報で人を救うことができるかどうか、意見を聞くことができる。

早い時間だったにもかかわらず、先客がいた。午後六時をまわったばかりというのに。先客は加塩だった。開店して間もないというのに、すでに出来あがっていて、白眼に糸ミミズが這いまわっているように見えた。日本酒を飲んでいる。

「いらっしゃい」と店の主人が声をかけ、「お疲れさまでした」とビールを注いでくれた。

「早いですね」

滝水が加塩に声をかけると、加塩は嬉しそうにうなずいた。

「ああ、今日はお祝いです」と答えた。

「何のお祝いですか?」

「昨日まで、うるさくせっつかれていた。それが、今日終わったんですよ。やっと、長篇があがりました。それで、今日はお祝い。自分でよく頑張ったなぁって、自分をほめてやってたところです。こちらの御主人に無理いって早めに店を開いてもらった」

店の主人を見ると、顔を滝水に向けて、眉をひそめてみせた。

「午後二時から、飲んでおられます。加塩さん、昨夜徹夜してるそうなんですよ。夕フですよね」

席にいた加塩が、ひっくとしゃっくりした。加塩は四時間以上ここで飲み続けているらしい。滝水は、やや呆れた。だが、口ではちがうことを言ってしまう。

「じゃあ、傑作が出来あがったんですね」

しばらく、加塩は視線を宙にさまよわせた。それから、ぐびと盃をあおった。

「さぁ、それは、私が判断することではありません。書いている途中で、これは傑作だと思っていても、ひどく叩かれることもあれば、書きあげて自信を失くしていると、き高い評価を頂いて、え、何でと、戸惑ってしまうことがありますから。

いずれにせよ、もう送りましたから。あとは野となれ山となれ。胸のつっかえがなくなったお祝いと思ってください。

滝水さんは、仕事の方は、順調ですか?」

加塩は、話を滝水にふってきた。

「そこそこのところです。また、加塩さんに教えてもらっていいですか?」

「ん、アブナいほうの話?」

「この間の続きなんですが」

ふうーんというように加塩はうなずいた。

「いいですよ。他にお客さんいないし、アブナくってもいいよね、御主人」

店の主人は「馴れておりますから、いいですよ」と炭火をおこしながら言う。

加塩は少々唇を尖らせて、どよんとした上眼づかいに滝水の質問を待っているようだった。ときどき、ぷはーっと音がすると酒臭い匂いが滝水のもとに漂ってきた。

「タイムパラドックスって話をこの間、しておられましたよね。父親殺しの話とか」

滝水は、そう尋ねた。

「あー。父親殺しですね。過去へ遡って自分が生まれるずっと前の父親を殺すとどうなるか。父親がいなくなるから、自分は生まれない。だから、誰も父親を殺しに行く

ことはできない。父親は誰にも殺されることもなく。その父親から生まれた子供がタイムマシンに乗って父親殺しに行って……と延々と続きますね」

「正解はあるんですか？」

「ありません。タイムトラベルの話で、作者が、歴史が可変性のあるものか否かというスタンスを明確にすることで、結末が選択されるものですね。

可変性があれば、どんどん歴史が変わってしまう。だんだんお話として収拾がつかなくなってしまう。一般的には、不可変性の歴史の中で、奇跡的に例外的なものが発生するという設定が多いでしょうね」

滝水には、よくそのあたりは実感として湧いてこない。もっと具体的に聞くべきなのかもしれないと思った。

「たとえば、十数年後に、大災害があって、亡くなられる人がいるとします。それを私が知っていたら、教えるべきでしょうか。それでその人の死を防ぐことができると思いますか？」

加塩は、驚いたような顔をした。

「ちょっと聞くけど、その大災害を、あなたはどうやって知ることになるんですかね？」

隠しても仕方ない。あたりまえの状況を話した方がいいだろう。

「災害に遭う方に子供がいたと考えて下さい。その子供が、親を救おうと知らせてきたら」

「はぁ、虫の知らせとか未来からの通信とかですねぇ。それは、親殺しの逆パターンということになりますなぁ。

その災害で死ぬはずだった親が助かるかどうか。それは、わかりません。過去を改変する話でも、たとえば、ケネディ大統領の暗殺を防ごうと過去へ行っても、何故か様々な妨害に出会って、どうしても助けることができないという話は多いですね。運命のプログラムが決まっているから、変更できないというパターン。

もし、そうであれば、その方の親に災害を知らせようと思っても、すれちがいで会えなかったり、会う寸前に滝水さんが事故に遭ったりということになるような気がします。そのことによって歴史は変わらない」

「もし、伝えることができたら?」

「うーん。私なら信用しないかも。十数年後にあなたは死にますよって言われても、ああ、十数年寿命があるならいいやって思うかもしれないし、眉唾と思うかもしれない。だったら、十分後の私がどうなってるか教えてもらって、それが当たったら、考

えるかもしれませんねぇ。でなけりゃ、明日になったら、そんなこと忘れているかも
しれない」

　そんなものだろうかと、滝水は思う。そう、もし、藤枝沙知夫に会って、震災のこ
とを話して信用してもらうには、十分後の未来を当てなければならないとしたら。

　それは無理だ。

「信用させることに成功したら……」

「うーん。滝水さんも話が強引だなぁ」と加塩は頭をかいた。「それも、父親殺しの
パターンの引用になるけど、その方が災害を免れて生命が助かったとしたら、その
子供さんは、あなたに親を救ってくれとか知らせてはこないんですよね。じゃあ、あ
なたは、どうやってその情報を知るんですか」

　そう言われて、滝水は黙った。何だか、メビウスの輪の上を這(は)いまわっている蟻の
ような気分になる。表と思っていたら裏で、裏と思っていたら表で。

　　　　　　16

　滝水が約束の喫茶店に入ると、まだ、藤枝沙知夫の姿は見えなかった。

あれから、思いきって、滝水は藤枝沙知夫に電話を入れたのだ。

「先日、お宅に伺って、白鳥山でもお会いしました。滝水と申します」

唐突な伝えかただが、他に滝水は言いかたが思い浮かばなかった。幸いなことに沙知夫は滝水のことをすぐに思い出してくれた。

「ああ、あのときの方ですね。何ごとでしょう」

「ええ、大変大事なことで、お話ししておきたいことがあります。お会いできないでしょうか?」

少し、沙知夫は沈黙した。明らかに怪しい電話だと、滝水にもわかる。

「電話では、無理なのですか?」

沈黙の後に、沙知夫は言った。

「ええ。会って話を聞いて頂いた方が、より真実かどうかを見極めて頂ける気がします。時間をとってもらえませんか?」

再び、しばらくの間があった。自分のことが信用できるかどうか値踏みしているなと、滝水は思う。

「そちらに訪ねて行ってかまいかせんか?」

そう滝水が言うと、沙知夫は、その喫茶店を指定した。

勤務先の近くの喫茶店とい

うことだった。約束の時間帯は、彼の昼休みらしかった。

コーヒーを頼んで待つと、すぐに藤枝沙知夫は現れた。スーツ姿で、自宅の前で会ったときや、白鳥山上で出会ったときとは、明らかにイメージがちがっていた。

「お待たせしました」

席に着くなり、沙知夫は、そう言った。

「時間を作って頂き、すみません」滝水は頭を下げた。

「どんなお話だったのでしょう」

何の前置きもなく、沙知夫は、そう聞いてきた。顔を合わせたことがあるといっても、滝水は沙知夫にとってはほとんど見ず知らずの存在に近い。早く用件を切り上げたいようだった。「できるだけ手短かにお願いしたいのですが。今日は一人、突然休みをとった奴がいまして」

生まれたばかりの娘の近況も、白鳥山での再会の前置きもない。明らかに、ガードを固めていることがわかる。

「はい。実は、藤枝沙知夫さんの運命について知っておいて頂きたかったのです」単刀直入に滝水は言った。まわりくどくても信じてもらえなければ仕方ない。

「あなたは……宗教関係の方ですか？ これ、布教活動なんですか？」

「いえ。ちがいます。私がこれから申し上げることを信じて下さい。黙って聞いて下さい。そうすれば、私の責任は果せます。そう時間はとらせませんから」

滝水の声はでかくなっていた。周囲の席から視線が集まっているのに気付き、声のトーンを落とした。しかし、その迫力で藤枝沙知夫は少なくとも、滝水の真剣さに気がついたようだ。危ない人に逆らってはいけないと考えたのかもしれないが。

滝水はメモを取り出す。そして確認しながら、沙知夫に告げた。

「いいですか。藤枝さん。

もう少し先のことになるのですが、この熊本で大震災が発生します。期日は、二〇二四年十月十五日の火曜日。時刻は午前三時四十八分。

これは、大変な規模の災害になります。死者は一万三千名を超えるということです。

で、藤枝沙知夫さんと奥さんは、御自宅で、この震災に遭遇され、生命を落とされます」

藤枝沙知夫は、眉をひそめた。

「二〇二四年って……あと十八年も後のことじゃありませんか。どうして、そんな先のことが、あなたにわかるというんですか」

「何故、知ったかということは、申し上げられません。信じて頂くしかないんです。

私が、お願いしたいのは、その日、一日でいい。熊本から離れておいて頂きたいのです。未来では、御自宅で、災害に遭われることになっている。だから他の場所へ移っても、被災範囲であれば、他の危険が待ちうけている可能性もある。一番いいのは、この熊本を離れていることだと思います。

そうすると、約束して頂けませんか？」

藤枝沙知夫は押し黙り、腕組みした。考えを巡らせているようだった。

「忘れないように、このメモはお持ち下さい」

震災の日時が書かれたメモを、滝水は、自分の名刺とともに渡した。

黙って、藤枝沙知夫は、それを受け取った。

「これを伝えることは、私に何の得もありません。それも、十八年後のできごとで、狐につままれたような気がされることと思います。でも、その日、私のアドバイスを守ることで藤枝さんが失うものは何もありません。十八年後に、その日だけ。その日だけ私の言うとおりにして下さい。信用して下さい。

お願いします」

滝水は頭を下げた。藤枝は、メモを手に取って、しげしげと眺め、言った。

「この時刻が、私の寿命なのですか」

滝水は頭をあげた。

「あなたは、本当に不思議な人だ。最初にわが家へやってこられたときから、そう思っていました。

で、昨日、電話を頂いたとき思ったのが、これは新手のセールスかなということです。今、ずっと……滝水さんですね……の話をうかがっていて、思いました。滝水さんの話を聞いていて、まったく私欲のないことがわかりました。話すときの眼を拝見させて頂いて確信しました。宗教とかの狂信者のそれともちがう。

この間、白鳥山でお会いしたとき、私に生まれた子供が女の子であると言いあてましたよね。あのときも、私は不思議でならなかった。あなたは、あのときすでに、生まれた子供が女の子だと知っていたんですね」

今度は、黙るのは、滝水のほうだった。

「滝水さんの予言を信用してみますよ。このメモは頂いて帰ります。十八年先の予言なんて、あまりにも突飛すぎる。だからこそ信用してみようと思ってますよ。これで、私の寿命が延びるというわけですか」

「そうです」

「わかりました」

　藤枝沙知夫は、メモと名刺を自分の名刺入れの中に納めた。その瞬間、滝水の中で張りつめていたものが、ゆるゆると融けだしていくような気がしていた。

　それから、十分ほど、他愛もない山に関する話になった。愛犬のハナを連れて、天狗岩の頂上まで行ったこと。いかに登山の黒岳の話をしてくれた。

　いかに登山者が多かったかということ。

「静かな山だったら、五家荘に限りますね。白鳥とか上福根とか天主とか」と結んだ。

　時間が来て立ち上った藤枝沙知夫は、滝水がぎょっとする提案をした。

「今度、滝水さん。一緒に一杯やりませんか？　滝水さんなら気兼ねなく飲めそうな気がするんですよ」

　滝水は、絶句した。それから、今は作品の応募時期と重なっているからと、丁重に断った。

「時期が来たら、ゆっくりと時間がとれるようになると思います。そのとき、また誘ってもらえますか？」

　藤枝沙知夫は、残念そうにうなずき、その場を去っていった。滝水は、そこで大きな溜息をついた。

17

効果は、あったのだろうか。

自分が、藤枝沙知夫に中九州大震災の情報を伝えることで、沙知流の両親を救うことはできたのだろうか。

未来は変わったのだろうか。

そのことばかりが気にかかる。父親が助かったことで、沙知流の進路が変更されたかもしれない。沙知流が、白鳥山中で自分と出会う未来もずれてしまったかもしれない。

だが自分の中では、沙知流との山中のおもいでは残されている。

翌週、藤枝沙知夫との顛末（てんまつ）を手紙に記し、滝水は、それを白鳥山に残した。

沙知流から返事が届いたのは、その翌週のことだ。

「滝水浩一様

お仕事は、順調に進んでおられますでしょうか。私の方も日がな暇さえあれば滝水

様の作品を眺めさせて頂いています。

今日、お手紙拝見しました。あれから、私もたいへん気になっており、無理なお願いをしたことを後悔しております。

私の父にお会いになったということですね。そして、中九州大震災に関する情報をお伝え頂いたということを知りました。そのように、人に与えられた運命を人が変えていいものかどうか、私も大変に悩んだのです。

滝水様の立場を私に置きかえて、もし、父にその事実を伝える場合、どうすれば信じてもらえるものかを考えました。とても、真実であるにもかかわらず、真実としてとらえてもらうには難しいような気がします。そんな困難な条件にもかかわらず、情報としてお伝え頂いたとのこと。本当に何と言ってお礼を申し上げたらよいのかわかりません。

ひょっとしたら、今日、お手紙を拝見できるのではないかと、便箋を山中まで持ちこんでしまった次第です。

さて、結論から記すことにします。絶対に、滝水様は自分を責めたりなさらないで下さい。今日現在、両親が中九州大震災で亡くなった事実は、変化していません。今、お手紙を拝見したばかりですが、もし、確実にその情報を、両親が知ったにしても、

事情はわかりませんが、運命を変えることはできなかったのではないかと思います。

十八年後に、その事実を忘れてしまっていたか、あるいは日付を勘違いしていたのか。どうしても、その日を自宅で過ごさなければならない理由があったのかもしれません。

ただ、これだけは、言えると思います。人の力で、歴史は変えることができないということ。それが、今回の件で証明されたような気もします。

あるいは、ふと今、こんなことも考えつきました。ひょっとして、滝水様が父に伝えて頂いたことによって、両親が助かった世界もできあがったのではないかという思いです。

私のいる世界は、両親が震災の犠牲になったという世界。そして、滝水様のいる過去でその情報を知ることによって震災から逃れるという世界。そんな世界が、私のいる世界の隣同士の場所にあるのではないかという思い。

何だか、そのようなこともあり得るのではないかという気がしてまいりました。

そう考えれば、滝水様にお願いしたことも、無駄にはならなかったのだと思えてきます。

ひとつ不安なことがありました。今回、滝水様にお願いしたとき、もしそれが成就した場合、未来に起こりうる変化の一つとして、私の過去のできごとが修正され、

その波及効果の一つとして、私が抱いている滝水様の記憶が消滅してしまうのではないかということでした。滝水様にお願いした後、それが唯一、心の中の怖れとしてくすぶり続けていました。

両親が戻ってこなかったことは残念ですが、滝水様のおもいでを喪くしてしまうことは、より私には耐えられません。

どうぞ、滝水様、お気になさらぬように。一日でも永く、この想いを伝えあうことができるようにと願っています。

こちらは、もう夏です。白鳥山の緑も濃さを一層、増しております。そして、白鳥山の風景の一つ一つの素晴らしさに、滝水様の作品が重なるように見えてしまいます。

今、一番多忙な時期ではないでしょうか。そのようなときに、滝水様の手を煩せてしまったことを、大変申し訳なく思っております。

また、お便りします。私のために、本当にありがとう。いつも滝水様のことを考えています。

二〇三三年六月三十日

藤枝沙穂流」

　自分は、藤枝沙知夫を救うことができなかった。

　その事実が、まず滝水を打ちのめした。

　あのとき、確実に、メモ用紙を藤枝沙知夫は持ち帰った。

　それでも、彼は藤枝沙知夫を救うことはできなかったのだ。

　藤枝沙知夫は、自分を信用すると言った。あの後にどのようなことがあったのだろう。

　メモを紛失した？　本当は、自分のことを信用していなかったのかもしれない。

　いや、そんなことはない。確かに、喫茶店にやってきてしばらくは、訝しんでいた。

　目的もわからず、悪徳商法の手先くらいにしか考えていなかったのではないか。

　だが、信頼してくれたはずだ。自分が必死で説得した結果、藤枝沙知夫は、最後には、一度、飲みに行こうとまで言いだしたではないか。

　あの誘いにのれば良かったのだろうか。

　あれだけでは、藤枝沙知夫の心に残る事件にはならなかったのだろうか？　数年後、名刺入れからメモを取り出し、いったいこれは何を意味したメモだったのだろうと、頭をひねりながらゴミ箱へ捨てられてしまったのだろうか？

　まさか。

他のことならともかく。そのような自分の生死に関する情報を人は、いつの間にか忘れてしまうということは絶対にないはずだ。

虚しさを、滝水は感じていた。人間には、運命を変える能力は備わっていないのかもしれない。

あるいは。

あるいは、沙穂流が願うように、未来は一つではないのかもしれない。情報を得たことによって、震災から逃れた藤枝沙知夫がいる未来があり、情報を得なかった別の藤枝沙知夫がいる。

そして、滝水に手紙を送ることが可能なのは、震災の犠牲になった沙知夫の娘でしかないのではないか。

虚しさを感じつつ、これが永遠の別離にならなかったことに安堵している自分がいる。沙穂流と同じように。

洞の中で、滝水は一瞬、沙穂流の姿を見たような気がした。それが幻影であること

は、滝水自身にもわかった。

あのときの沙穂流の姿だったからだ。

倒木に腰を下ろし、コーヒーの入ったシェラカップを口許に運ぶ。あの優美な動き。

瞬きと同時に、沙穂流の姿は消失した。

幻影だ。

この構図だ。

滝水は閃いた。実は閃いたのではなく、ずっと意識の中にあったのだ。たまたま、この場で、そのイメージが凝固したにすぎない。

今の自分がやるべきこと。応募作に、専念してみることか。

それから、滝水は立ち上がり、デイパックを肩にかけた。

18

夜は十時をまわっていた。

沙穂流は、ぼんやりとソファに座って、壁に貼った滝水のデザイン画を眺めていた。

運命は変わらない……そう口の中で呟いた。

もう、滝水とは、一生会えないのだろうか。そんなことを考える。あの山上での邂逅は、まさに奇跡、そして天の配剤であったのか。

手紙だけは、行き来することができる。ということは、周期的に時間軸の移動があ

の白鳥山の洞では起こっているということだ。少くとも、あの洞では、何かの法則性はあるのだろうか。どの条件で、あの手紙は過去へ時を遡ることができるのだろうか？

ある瞬間に、手紙は時を超えるのか？　その場に立会っていたら、自分も過去へ行けるのではないか。

そんなことを、とりとめもなく考えていた。

電話が鳴った。

受話器をとる。映ったのは芽里だった。

「サーホ。起きてるか」

相変らずの親父口調で、芽里は言った。背景は、スナックのように見える。少々酒が入っているらしく、芽里の眼は据わっている。

「すぐ出てこいよ。凄えことがある」

沙穂流は気乗りしなかった。これから外出すれば、明日の仕事にさしつかえることは眼に見えている。

「芽っちゃん。かんべんして。明日は早くから個人レッスンが続くから」

芽里はニヤッと笑った。

「そう言うと思ったよ。今、誰と飲んでると思う。滝水浩一って人の知り合いだよ」

沙穂流は、耳を疑った。背筋に電流が走ったような気がした。

「どうだ。来るか」

芽里は、市内中央部の光琳寺通りにあるスナックの名前を告げた。

三十分後に、沙穂流はそのスナックのドアを開いた。

ボックス席から、「よおっ。来たな」と声がする。

芽里が片手をあげていた。

その席には、芽里の他に三人の男性がいた。全員スーツを着ているし、芽里もワンピースという女性らしい姿だ。何かの会合がはねた後に二次会で立ち寄ったという感じだった。

若い二人の男性が「おー、美人じゃない」と奇声をあげていた。もう一人は五十代半ばだろうか。両耳の周囲の髪が真っ白だった。

沙穂流を見て、驚いたようにウィスキーを持つ手を止めた。

「だめだよー。サーホはすれてないんだから。メールアドレス聞くのは禁止！」

若い連中に、芽里が真っ先に釘を刺す。

「ちぇっ」「こちらが教える分はかまわないよねぇ」と二人はときめいていた。

「遅くに呼びだして、ごめんな。今日は、肥乃國日報の関連企業の合同懇親会だったんだ。で、二次会。こちらは、肥乃國広告社の副社長の長者原さん」

「初めまして」と、初老の男が頭を下げた。

沙穂流も頭を下げる。

「藤枝と言います」

「さほる……さん」長者原が言った。

「ええ」

そう答えると、長者原は、何度も信じられないというように頭を振った。

「こちらは肥乃國広告社の営業の人。名前は忘れた」

「おっ、ひどいよ今村。俺、田中です」

「俺、後藤です」

あわてて二人が挨拶する。

「さっき、デザイナーで、滝水浩一って知りませんかって尋ねたら、長者原さんが、よく知ってるって。だから、呼びだしたんだ」

沙穂流は、うなずいて、長者原の隣に、腰を下ろした。

「田中です。憶えといて下さい」

「後藤です。今度、ポスターのモデルとかお願いできませんか？」

「あんたたちは、こっちが相手するから、話の邪魔するなよ」

芽里が、二人に牽制をかけた。

「滝水浩一さんを御存知なんですか？」

長者原は、大きくうなずいた。

「滝水さんは、私の広告社の先輩なんですよ。よく、面倒見て頂きましたよ。とても、いい人でね。その後、うちは退社されたんだが、自分でデザイン事務所を開かれて、仕事をずいぶん一緒にやりましたよ。必ず、クライアントが気にいるまでやりなおす。かなりの完全主義者でしたね」

長者原は、遠くを見る眼で、滝水をおもいだそうとしているようだった。

この人は、信頼してもかまわない人のようだ。長者原と話しながら、沙穂流はそう思った。人との信用を培ってきたからこそ、副社長という地位まで上りつめてくることができたのだろうし、滝水も一緒に仕事をやってきたはずだ。

「滝水さんの作品が好きなんですね？」

長者原が、沙穂流にそう尋ねた。

「ええ。今村さんに、作品のコピーを全部、頂きました」

長者原は、何度もなつかしそうにうなずいた。

「さっき、死ぬほど驚きましたよ」

少し、言い淀むような長者原の口調だった。

「何が……」

「藤枝さんに会って」

どういう意味か沙穂流には、はかりかねる。　沙穂流は、長者原の次の言葉を待った。

「藤枝さんには、まだお注ぎしていなかった」

間をとるように、長者原はコップを沙穂流にわたし、ビールを注いだ。

「不思議な巡りあわせですよ。今、ここで、さほるさんと、お会いするのは。私は藤枝さんの名前を今村さんから聞いていたわけじゃない。すでに知っていたんですよ」

芽里が、沙穂流が着く前に、すでに沙穂流の名前を彼らに告げているものだとばかり、思っていた。　ところが、それ以前から長者原は知っていたという。

「もう二十数年前ですか……。私が、彼等みたいに営業のペェペェの時代なのですが、滝水さんと一緒によく仕事をやっていたんです。滝水さんは、すでに自分のデザイン事務所を船場のマンションに開いておられました。よく、遊びというか、仕事というか、私は、さぼりがてら滝水さんの仕事場を訪ねていたものです。

で、あるとき、先輩の……滝水さんの仕事の件で行ったんです。あの方はね、女っ気がまったくない方だったんです。ずっと独身で、女性に興味もないような人だった。

「ええ、飲んだことあります」

コーヒーって飲みものは、すごく庶民的なもので、心おきなく飲めていました。半分、それも目当てで事務所に行ったりしていたんです」

それで、先輩はね、すごくコーヒーを淹れるのが上手い人でね。半分、それも目当てで事務所に行ったりしていたんです」

「昔、コーヒーって飲むものは……」

コーヒーって飲んでわかりますか?」

気がまったくない方だったんです。ずっと独身で、女性に興味もないような人だった。

彼は、コーヒーを淹れる名人だったようだ。あんなに自分が感激したのは久々にコーヒーを口にしたためだけではない。本当に滝水の淹れかたが上手かったためなのだ。

まちがいない……沙穂流は、うなずきながらそう思う。あの白鳥山中の洞の中で彼がつくってくれたコーヒーは、豆のせいだけではない。長者原の話によると、本当に

すでに、長者原の話の中では、滝水さんから、"先輩"へと変わっている。意識の遡行現象が発生しているようだった。

長者原の仕事机の前に、一枚の画が貼られていた。女性のポートレイトです。写真じゃない。このくらいの、そうA4サイズくらいの紙に、描かれていた。先輩が描いたんですよ。すごい美人の顔……。私が尋ねたんです。このモデルはいったい誰

なんですかって。

すると、先輩は、顔を真っ赤にしていて、しばらく黙っていた。

しつこかったんだなぁ……私も。だって、女性なんか興味ないと思っていた先輩が、手描きのポートレイトを貼っているほどだから。聞いとくべきだと思ったんですよ。

誰ですか、教えて下さいって。

すると、先輩は、やっと教えてくれた。

さほるっていう人だって。

そのポートレイトが、あなただった。でも、あれから二十数年たっている。どんなに、私がびっくりしたかわかるでしょう。

ましてや、私が口を滑らせてしまった名前と同じだなんて。偶然というには、あまりにも……」

それから長者原は、どう続けていいか言葉を失ったようだった。

「あなたのお母さんか……あるいは親戚で、やはり、さほるさんという名前の方は、おられないんですか?」

「おりませんが」

「そうですか。先輩は、一度だけ会ったことがあるって……言ってたんです。もう、二十数年、昔のことだ。あなたではない」

そう自分を納得させるように、何度もうなずいていた。

「だから、私がそれを見て、デザイン大賞のモチーフにするべきだと奨めたんです。その年の大賞を射止めましたね。その作品に登場する山の風景の女性も……さほるさん、あなたなんですよ」

沙穂流はうなずいた。

「サーホも、山に登るんですよ」

小耳にはさんだのか芽里が振り返って言った。長者原は、腕組みして「何かの因縁を感じるな」と言った。

沙穂流は、一番、尋ねたかったことを口にした。

「それで、滝水さんは、今どうしておられるんですか?」

長者原は、いかにもつらそうに口をへの字に曲げた。

「亡くなりましたよ」

沙穂流は、耳を疑った。ひょっとするととという思いはあった。だが、このようには

つきり言われて。

「いつですか?」

中九州大震災のことが、沙穂流の頭をちらとよぎった。

「すごく若かった。最後の大賞をとった年の暮れあたりだったか。白鳥山で遭難した

んですよ。その話を知ったのが、年が明けてからでしたかねぇ。あまりに突然の話で、

我々も呆然としてしまいましたよ」

だから、二〇〇六年以降のデザイン大賞の応募作が存在しないのだ。筆を折ったの

ではない。滝水浩一は、この世からいなくなっていたのだから。

19

藤枝沙穂流から滝水浩一への手紙

「滝水浩一様

こちらは、もう夏です。山中では、すでにヒグラシ蟬がもの哀しげに鳴き競ってい

ます。その鳴き声を聞いていると、あたかも、自分の心が森に響いているような気さ

えしてまいります。

　さて、今日はどうしてもお伝えしなくてはならないことがあります。いつも、お手紙を読んで滝水様の温かい気持に触れ、心癒されているというのに、お会いしたいという気持ちはつのるばかりだというのに。このようなことをお伝えするつらさをおわかり頂けるとは思っておりません。

　あれから、滝水様の作品を手がかりに、友人の協力もえて、様々な方法で滝水様の消息をたどり続けてみました。

　そして過去を調べるうちに、ある事実に突き当りました。滝水様の後輩の長者原様より、教えて頂いたことです。

　結論を申しあげます。

　もう白鳥山へ登らないで頂きたいのです。

　滝水様は、二〇〇六年十二月三十日の土曜日に、白鳥山で遭難されています。

　まず、長者原様から、その事実を教えて頂き、過去の新聞のマイクロフィルムを検索して確認しました。数行の短い記事で、登山口にお車を残しておられたことで遭難がわかったようです。当日は山は豪雪だったとのこと。

　それが、私がリュック・カバーをお届けしようとして、所在が摑めなかった理由の

ようです。新聞社の資料室で、二十七年前の記事を検索して大泣きしている私を御想像ください。傍目には、とても奇妙に映ったのではないかと思います。事情をよく話していない友人も戸惑っておりましたので。

それから、ずっと考え続けております。

そして、この方法しか拙ない私の頭では思い浮かびません。

もし、もう白鳥山へ滝水様が登らなければ。ひょっとして、滝水様は一命を取りとめるのではないでしょうか。そうすれば、生きながらえて現在の私が、またお会いできることになるのではと思うのです。

滝水様が老人の姿になっておられても、かまいません。お元気な姿で再会できればと考えております。

結果的に、両親を救うことができなかったという事実を思い出すと、運命あるいは過去の事実を変えられるかという問いにイエスという自信を失っています。しかし、どうしても、この事実は、お伝えしなければならないと考えたのです。

私が滝水様にお会いできたのも運命なら、その後の滝水様の身に起こることを知り得たのも運命と思います。運命を変えることができるかどうか、ということも運命

……と記すのは逆説的でしょうか。

一つ、私は決断しました。

これを最後に、私は滝水様へのお手紙を出さないことにします。これ以上、お便りを交換しあうことは、滝水様の身の安全を考えれば、やってはいけないことに思えます。

もし、滝水様が助かり、それによって、別の未来へ進んで私のいる未来とちがう時間軸になって私にとって永遠に滝水様が失われることになっても、ちがう時間軸で滝水様が元気でおられるのであれば、私は、その甲斐はあったと考えます。

もう、白鳥山へ登らないで下さい。二〇〇六年十二月三十日が過ぎるまでは。

できれば、お会いしてお伝えしたかった。しかし、かなわぬのであれば、このような形でしか、お知らせする方法はありません。

このような、運命の神に背くようなお手紙が、お手許に届くかどうかもわかりませんが、かすかな希望でも託してみたいと思います。

白鳥山のもう一度の奇跡を信じて。

二〇三三年七月十四日

藤枝沙穂流」

滝水浩一から藤枝沙穂流への手紙

「藤枝沙穂流様

了解しました。

その日は、彼は返事を出す言葉が思いあたらなかった。

ただ——了解しました。　滝水浩一

とメモ同然の返事を箱の中へ閉じこめて、その場を後にした。

本当は、書きたいことが色々とあった。　出品するデザイン画が、これまでの自分の作品とは比較にならない速度で仕上げることができたこと。そして、その出来が、自分の十二分に満足いくものであったこと。それが、何故かというと、沙穂流との出会いがあったからこそそのものであるということ。

入賞するかどうかは、どうでもよく、自分自身が納得できる作品を完成させることが出来たという満足感。沙穂流に、その感想を聞かせてもらいたいと思っていること。

二〇〇六年六月十九日

滝水浩一」

それまでの、そんな小さないくつものたくらみが、一瞬にして消失してしまった。

自分が、今年の十二月三十日に白鳥山で遭難すると知った衝撃。

本当なのだろうか。

だが、沙穂流は、その事実を防ぎたいがために、滝水に手紙を送ったのだ。長者原から最初、その事実を知らされたという。長者原は人をかついだり、悪い冗談を言う人間ではない。ましてや、新聞記事で確認をとったという。

返事に、どう書けばいいというのか。それ以上のことを記すのは、沙穂流の気持ちをかき乱すだけに終わるような気がしてならなかったからだ。

もう、沙穂流からの便りは届くことがない。

その事実も、滝水を精神的に打ちのめす充分な効果を持っていた。

洞を出て、しばらく彷徨うように滝水は山中を歩いた。

すでに、すべての山芍薬は、その白い花びらを失っていた。花芯は膨れ次世代のための作業に移っている。白鳥山の花の饗宴は、すでに終わりを迎えている。

すべての祭りが終わったかのように、山中の人影は、まったく見ることができなかった。

濃くなった緑の間からキラキラと漏れる光だけがある。

20

時を隔てた同じ場所に、必ず滝水浩一がいた。そして、この場所にも。

白鳥山を登る沙穂流は、いつも、そう考えていた。

だが、もう洞へは足を向けない。

そう沙穂流は、自分で決めていた。ひょっとして新たな滝水からの便りが届いているかもしれない。そう考えると、洞へ足を向けたい強い衝動に駆られたが思いとどまった。

滝水からは、あれから——了解しました。と、短いメッセージが届いた。

それから、手紙は出していない。滝水は、沙穂流の真意を理解してくれたのだと思う。もう、彼も手紙を返してくれることはないはずだ。それは、おたがい合意できていることだ。もし、洞に手紙が来ていたにしても、せんないことだ。もう、滝水に手紙は出さないと、記したはずではないか。

地面は濡れていた。

苔むした岩の間を歩こうとすれば、けっこう足をとられやすい。

その方がいい。沙穂流は思う。踏み出す足に神経を集中すれば、それだけ、滝水の

ことが頭から消えてくれる。

遠くでキツツキが樹の幹を叩く連続音が、響いてきた。

夕立ちが、あったのかもしれない。湿気は感じないが、空気がいちだんと澄みきっ

た感じがする。

渡ろうとする沢の水量も増えていた。いつも渡る飛び石も清流が覆っている。少し

道を回って倒木を伝った。

遠くで黒雲が見えた。低くたなびいていた。黒雲の間を紫色の光が閃光のように走

る。

その光に、沙穂流は見覚えがあるような気がした。

あのとき、白鳥山。不思議な光彩。

今日は、雨はない。雷鳴もない。

あのときは、どしゃ降りになった。

あのときと同じ雲だ。滝水浩一と初めて出会ったときの。

どうしようかと、沙穂流は思った。迷った。このまま、登山口へ引き返そうか。で

も、途中で雨にあえば結局は同じだ。

ひょっとして、これは現在と過去がつながる現象の一部かもしれない。　雨が降れば、あの洞でしのげばいい。

あの現象を見極めたい。

そんな気持ちが優先した。　急ぎ足でガレ石を踏んだ。　幸いなことに、まだ降ってはこない。

他に登山者と出会うこともない。

霧のことを思った。

滝水と会ったとき、霧が地面を這うように広がっていた。　しかし、今は、それはない。そこが、あのときとはちがう。

湿地である御池を過ぎ斜面を登った。　あたりは黒雲が覆い、薄暗くなっていた。水上越との分岐に出た。　真っ直ぐ行けば山頂。　右へ行けば水上越。　左へ行けば平家の落人の屋敷跡。

沙穂流は、そこで休憩をとった。　もし、雨が降り出しても、そこからは、例の洞までは近い。　走りこめば濡れてもたいしたことはないと踏んだ。

切り株の一つに腰を下ろし、ペットボトルのお茶を飲んだ。　それからタオルで額の汗を拭う。

人影が見えた。　誰かが平家屋敷跡の方角から歩いてくる。

まさか。

連想したのは滝水浩一のことだ。

ちがっていた。　もっと年齢は上だ。　四十歳くらいの男性だった。　登り馴れた歩調で近付いてくる。

五、六メートルの距離に近付き、沙穂流は「こんにちは」と声をかけた。　だが、相手は挨拶を返してはくれなかった。

不審な気がして、沙穂流は男の顔を見た。

信じられなかった。

沙穂流が忘れられない人物。　そしてよく知っている人物。

「お父さん！」

思わず、沙穂流は呟いた。　沙穂流の父親の藤枝沙知夫だった。　見間違えるはずはない。　まだ若い日の父親だ。　大きなリュックを肩に背負っている。

「お父さん」

今度は、はっきりと沙穂流は口に出して言った。　だが、父親は、沙穂流に気付いた様子はない。　こんな近くにいるのに。

分岐で、父親は立ち止まり、自分が来た方角をじっと見ている。何かを待っている様子だ。

沙穂流は、何故、父親が自分に気付いてくれないのか不思議だった。無視しているようにも見えない。他人の空似なのだろうか？　それでも挨拶した自分に気がつかないはずはないと思う。

時間がまた交叉している。

それは沙穂流も確信していた。

いつの時間なのか？　父もよく白鳥山には通っていた。だが沙穂流のおもいでにある父親より、随分と若い。

父親は、頭にタオルを巻いていた。そのタオルをはずし、首の汗を拭いた。その方角に視線を置いたまま。

やがて、父親は笑顔を浮かべ、何か口を動かした。大きく手を振る。何かを言っているのだ。だが声はない。サイレント映画の一場面のようだ。

手を振った方角に眼をやった。

思わず沙穂流は立ち上がった。

あの犬は、ハナ。駈けてくる。

そして、その横に人影が二つ。大人と子供。ひょっとして。

間違いなかった。母親と、幼い日の沙穂流自身だ。

沙穂流は、まだ小さい。小学校の低学年だろうか。そうだ。あの頃からすでにこの白鳥山へ登っていた。

幼い沙穂流も手を振って何か叫んでいる。

聞こえない。

「パパ、待っててよ」

そう言ったのだ。あのとき。沙穂流が呟くと、幼い沙穂流の口も同じように動く。

幼い沙穂流と母親が、父親が立つ分岐点に追いつく。

何かを話している。どうして自分には聞こえないのか？　父親の声も母親の声も幼い沙穂流の声も。

そして決定的なこと。

彼等には、すぐそこにいる沙穂流の姿が見えていないようなのだ。沙穂流には見えている。しかし、言葉をかけることもできない。言葉をかけても彼等の耳に届くことはない。

三人は嬉しそうな笑い声をあげているのだろうということがわかる。

どうすれば、自分がここにいることを彼等に伝えることができるのか？　方法が思いつかなかった。もし、思いつけたなら、自分の口で両親に大震災のことを、伝えてやれるのに。

何故、彼等に自分の姿が見えないのか？　滝水浩一のときは、言葉もかわせたというのに。今回の時間の交叉は何がちがうというのだろう。

幼い日の沙穂流自身がいるからなのだろうか？　同一人物が一つの時間に二人存在することが許されないということなのか。

そう、自分の幼い日の登山の記憶で、大人の自分に出会ったということはない。だから彼等の目に見えてしまえば、歴史が変わってしまうということなのか？

三人は、再び、山頂を目指して歩き始めた。楽しそうに。この家族は、この時代、幸福しかないように見える。

三人は斜面を登っていく。その後ろ姿を見て、沙穂流は両掌で口を覆った。三人の後ろ姿の向こうが透けて見える。過去の家族たちは過去の世界へと消えているのだ。

まったく三人の姿が消えてしまった後も、沙穂流は立ちつくしていた。今、自分は過去の影を見たのだと思っていた。時間が交叉したのではなく、この白鳥山という

"場"が、過去の一場面を影として再生したのにちがいないと。沙穂流は涙を流し続けていた。

21

季節が移っても、滝水浩一は、白鳥山へ通うことはやめなかった。沙穂流の予言に従うにしても、十二月三十日までは、まだ間があると考えていた。

秋祭りが終わった頃、デザイン大賞を受賞したという知らせが入った。沙穂流をモチーフにしたデザインが受賞して、一番、最初に喜んでもらいたいのが沙穂流だった。

だが、知らせることは、禁じられている。いや、すでに二〇三三年の世界で、沙穂流はこの大賞の結果を知っているはずだ。

洞にも行った。

洞からは、箱そのものが消えていた。

あれから、遥かな時間の隔たりの向こうで、沙穂流が、滝水の残したメモとしかいえない返事を目にしたかどうかは、わからない。

ひょっとしたら、届いたかもしれない。

あるいは、その洞に立ち寄った誰かが、箱に興味を持って持ち帰ったかもしれない。

滝水がわかるはずもない。

ただ現実には、彼女が手紙に書いていたとおり、それ以降、藤枝沙穂流からの手紙は届くことはなかった。

初秋は雨が多かった。それでもかまわずに週が変わるごとに滝水は白鳥山へ通った。

その度ごとに、洞に立ち寄った。

洞は、何の変化も見せてはくれなかった。

そこで、コーヒーを淹れることが、白鳥山での滝水の〝儀式〟のようになった。

あのときと同じ場所で、あのときと同じ行為を繰り返せば、白鳥山という空間が、あのときと同じ状況を作り出してくれはしまいかという希望。

滝水自身、それが虚しい行為とわかってはいた。しかし湧き出てくる妄念はそれをやめることができなかった。

彼女が、あれからも白鳥山へ通っているはずだという確信はあった。ただ、彼女は二度と手紙をくれはしない。

手紙を出せば、運命の日が近付いても、滝水が白鳥山へ通うことをやめないから。

それが、彼女の真意のはずだった。

洞の中を滝水は見回す。そして、岩肌の一つ一つを観察している自分に気付く。この岩に未来の記憶も刻まれているのだろうか？

沙穂流が、過去の自分に手紙を送ろうとしている様子を、現在の岩たちは見ていたのだろうか？

そんなことを、とりとめもなく考えていた。

十月の半ばを過ぎる頃には、山里より二週間も早く白鳥山には紅葉が訪れた。それも瞬時のことで、二週間もすれば、頭上を覆っていた葉たちは、いっせいに消え去り、代わりに登山道は落葉のクッションと化した。

滝水は、十二月に入ったら沙穂流の言葉に従うつもりでいた。

しかし、不思議でならなかった。彼自身、厳冬期の白鳥山へは、登ったことがないのだ。まず、登山口までの林道が凍結する。チェーンを巻いていても往復路も平常の倍の時間が必要になる。もちろん寒さも厳しいし、景観も、葉のない骸骨のような巨木が立ちならぶさまは、荒涼として、好きになれない。

そのような時季だ。

もし、その時季に、もし時間の余裕が与えられれば、低い里山の常緑樹の間を歩く

ことにしていた。

なのに、何の因果で年の瀬もせまった十二月三十日に白鳥山で遭難することになるのだろう、と。

洞へ行く前に、滝水はいつも、彼女が駆け下りてきた山頂からのわかれで立ち止まるようになった。

耳をすませる。

彼女の足音が聞こえてくるような気がする。少しすり足で。急ぎながら。

それから洞にむかった。

滝水は、その年、白鳥山はそれを最後にするはずだった。

「賞金、使いましたか?」

その電話は長者原からだった。

「いや、まだ、のし袋に入ったままにして壁に貼ってある」

「さほるさんの肖像画の横にでしょ」

「ご推察のとおりだな」

滝水は答えた。

「あのー。言ってましたよね。大賞とったらアイデア料で長者原にも御馳走しなきゃいかんなぁって。まだ、有効ですかねぇ」

そんな経緯があって、滝水は「寒鯛夢」で長者原と待ち合わせた。営業ミーティングがあるからということで七時半という時間を決めたが、滝水が着いたのは七時を少ししまわったくらいだった。

先客は作家の加塩一人で、すでに引き上げようとしている。滝水に気付いて席に座りなおした。かなり飲んだらしい。眼が充血している。酒臭い息が、まだアルコールの入っていない滝水には、すぐわかる。

「もう納得できましたか？　歴史改変のパラドックスは」

そう話しかけてきた。

「納得するも何も」

「そうですよね。お話を作る作者によって、それぞれ焦点がちがってくるから。そんな話を書いている私にしたって、何が正解でもかまわないというスタンスですからねぇ。この間は、大震災から逃れる話でしたよねぇ」

「え、ええ。まあ」

そこで、滝水は十二月三十日の沙穂流からの知らせについて、確認したいという衝動にかられた。

「私が、自分が死ぬ日と場所を未来から知らされたら、それを避けることは可能ですよね」

加塩の答えを待つ。具体的には尋ねなかった。

「予言が実現するって話は、けっこうありますよ。飛行機事故でこれこれの時間に死ぬって予言された男が、飛行機の予約を取り消して家に引きこもってたら、その家に飛行機が墜落してきて……って星新一さんの話だったかなぁ。

それから、あなたは今度の満月の夜に、ライオンに噛まれて死ぬって予言された男が、そんな馬鹿なと笑いとばす。でも、動物園からライオンが逃げ出すニュースがあったりとだんだん現実味をおびてくる。でも、逃げ出したライオンは射殺されひと安心するんですね。で、満月の夜、主人公は、転んで、ライオンの像の口にはさまれて首の骨を折って死んでしまう。昔の外国のテレビドラマで見たのかなぁ。

それからすれば、運命からはどう抗っても逃げられないということになる」

滝水は、その話を聞いて少し落ちこんでしまう。

「まあ、物語づくりだから、意外なオチというものが必要だから、こんな結末になる

けれど、予言みたいなものは一般的には、ことごとくはずれますからね。ノストラダムスもそうだし、ファティマもそうだし。

地震予報なんて、まずはずれる。

加塩は、予言や予報まで、ごっちゃに論じているようだ。そう、自分が、十二月三十日に熊本市内から離れなければ、白鳥山で遭難することはないわけだ。飛行機とちがって、白鳥山の方から自分の方に飛んでくることはない。

気にしないことが、一番ではないか。年が明けたら、早い時季に白鳥山を訪ねてみればいい。そのときなら、彼女も便りに返事をしてくれるはずだ。

加塩は再び、席を立ち「今日は、このくらいにしておこう」とふらつく足取りで店を出ていった。

長者原は、入れちがいに店に入ってきた。

「いやぁ、先輩にただ酒を飲ませて頂くなんて恐縮です。まるで、ぼくがせがんだみたいで」

座るなりそう言った。せがんだのではないかと滝水は思いもするが口には出さなかった。

「いま、ミーティングで、けっこー先輩にお願いしなきゃならん仕事でできたんです

よ。いま、詰まってますか?」

かなりの量の仕事を請けてきているようだ。年内に納品のパンフレットの話だった。

「例の大賞以来、先輩の作品が注目をあびていて。良かったです。先輩もぼくも」

打ち合わせを終えて、二人はビールで乾杯した。滝水は、年内の仕事なら、迷惑を

かけることはないなと考えていることに不思議さを感じている。さっき、

今年の末に白鳥山へ行かなければいいと自分に言い聞かせたばかりなのに、年内の仕

事であるということを気にしている自分がいる。これは矛盾ではないのか。

今年も、もうこうやって長者原と飲む機会もあまりないだろう。ひとしきり笑い、

話が盛りあがりながら、醒めている自分がいることがわかる。

楽しい酒だった。

だが、酔いにまかせて、長者原と別れしなに滝水は言った。

「おい、長者原。メモは持ってるか?」

「ええ」と長者原は不思議そうな顔をした。

「じゃ、大事なことを言うから、書きとめてくれ。

二〇二四年十月十五日午前三時四十八分。書いたか?」

「書いたんですが、この日は何ですか?」

「この日は、熊本市内を離れていろ。大震災が起こる」

長者原はきょとんとした。

「それ……何かの占いですか?」

「黙って言うとおりにしろ。忘れるな長者原」

はい……。そう長者原は答えた。

日時はすでに滝水の頭の中に入ってしまっている。しかし、酔いにまかせて、何故

そこまで、そう口にしたのかは、滝水は自分でわからなかった。

22

暮れに入ると、滝水は日曜も休日もない有様になった。日曜がないどころか、前半

は、睡眠時間を削るほどに仕事に追われた。

大賞をとったことの嬉しい余波もあったし、また別の発注者からは解釈のちがいで

修正を余儀なくされ、新しい形のデザインで納めても、次の修正が待っていた。

滝水は山を歩いていたいという渇望を抑えこみ、必死で仕事をこなした。

二十六日を過ぎた頃、ぴたりと煩忙さが消えた。それから、自分自身の年末の整理

を始める。仕事に追われていたときは、考えに流される余裕もなかった。だが、その頃から、閃光のように沙穂流の面影が幾度となく頭をよぎることになった。そのイメージを、滝水は無理に思考の奥へ抑えこむ。

年が明ければいい。新年を迎えたら、白鳥山を目指す。それまでは、忘れよう。彼女の言うとおり。

二十九日の夕方から、窓の外を小雪が舞い出していた。一六〇〇メートルを超える山頂では、かなりの積雪が覆っているはずだ。そんな時季に、山は歩けない。足を雪に埋めながら山頂を目指せば、平素の何倍も時間を費やすことになる。このような日に、行くことはない。行けば、沙穂流の予言を実現させてしまうだけだ。

滝水は、窓の外の街並みを見る。

これで、歴史が、運命が変わることになるのだろうか。

自分は遭難せずに、生きながらえる。そして年老いて、あの日の沙穂流から、連絡を受けとることになる。

小雪が、果てることなく舞い続ける。

藤枝沙穂流は、ウケドノ谷側から歩き始めた。あれから一年経過した。今日も沙穂

流の計画では、山芍薬の群生が一面の白い花を披露してくれるはずだった。一年に一度の、天然の純白のパーティ。

だが、計画とは裏腹に、歩きながらも様々な想いが交錯する。

一年前の自分は、奇跡を体験した。

何らかの理由によって、白鳥山の山中で、時間の歪みが起こった。その奇妙な現象は、彼に出会わなければ気がつかなかったかもしれない性質のものだ。

彼……滝水浩一。

二十八年前の男性。

彼に出会わなかったら、……いや、リュック・カバーを借りなかったら……登山手帖を失くさなかったなら。

気がつかなかったかもしれない現象だ。いつもの通りの白鳥山のしっとりした風景があっただけのことだ。時間流の混乱が起こっていたにしても気がつきはしない。

彼に、もう一度会いたい。

今でも間歇的に、その想いが湧きあがってくることがある。

しかし、二十八年前に、彼は、この山で遭難している。

すでに、この世の人ではない。だから、彼に警告した。

好きになったからこそ、教えずにはいられなかった。あの警告は、彼のもとへ届いている。それは確実だ。

——了解しました。

それだけの返事は、かえってきたではないか。

それ以来、沙穂流は手紙を出していない。逢いたいという気持ちは、いや増しているのに。

あの警告は、滝水を救ったのだろうか？

あれから、新聞の過去の記事を閲覧したり、滝水の住所を再び訪ねたりしたが、事実は変化してはいなかった。ということは、駄目だったのか。

歴史は変えられないのか？

いや……。と思う。彼の後輩という長者原が思いだしたように別れしなに言ったこと。

「思えば、先輩は不思議な人でした。今、私が無事なのは先輩のおかげかもしれません。先輩は中九州大震災を予言していたんです。わが家は全壊でした。半信半疑で家族で熊本を離れていたんです」

だが、沙穂流の両親は帰ってはきていない。あのとき……秋に両親や幼い沙穂流の

　"幻影" に逢ったとき、彼等に沙穂流は見えなかった。もし、おたがいにわかれれば、自分の口から災厄から逃れるように話していたはずだ。

　変えられる歴史と、変えられない歴史があるのだろうか？　だから、時間が交叉しても気付かないときがある……。

　いや、彼が助かった未来が、自分のいる現在とは別に存在しているのかもしれない。そうも沙穂流は思う。もし、そうであるなら、それに越したことはないのだろうが。

　ひょっとして、自分が死んでしまったことに気がついていない幽霊と出会い、好きになったのかもしれない。そんなことまで考えた。でも、淹れてくれたあの美味しいコーヒー。あれまで幻覚だったとは思えないし。

　そんな思いを巡らせた後、空白になった頭の中で、彼にもう一度会いたい、もっと話したい、そんな気持ちが素直に滲み出てくるのだ。しかし、理性の部分は、そんなことは無理だ、不可能だと主張する。

　この山道を何度歩いたことか。子供の頃は父母やハナと。そして今はひとりで。男性に興味はないはずだった。いろんな男性に、交際を言い寄られた。いつも、そんな気持ちにはなれなかった。

　あの日、この山道で彼と出会うまでは。

皮肉なものだと沙穂流は思う。やっと心許せる男性に出会えたと気がついたとき、それが時の彼方（かなた）の人物だったなぞと。

もう一度会いたい。

胸の中で、急に、そんな衝動が突きあげてきた。

斜面で腰を下ろした。

もう、一時間半も歩いたか。

あたりは、ブナやイチイの巨木から漏れた陽光がきらきらと宝石のように舞う。五月の若葉が、穏やかに揺れているのがわかる。汗ばんだ頬を、ゆったりと風が触れて去っていくのがわかった。こんな日だった。山頂近くで通り雨に出会うまでは……。

そこで山芍薬のボンボリのような花々の群生と出会うはずだった。

もうすぐ水上越方面のわかれに着く。

人には、自分で自分の行動が理解できないことがある。

そのときの滝水がそうだ。

突然、その考えが湧き起こった。すぐに行動を起こしていた。登山靴を出し、ジムニーに飛び乗り、急発進させた。

途中の林道は凍結しており、タイヤチェーンを巻いた。何をしているんだと滝水の心の隅で呼びかけるものがいる。身体の方が勝手に行動していた。

白鳥山を目指している。

今日は十二月三十日だ。予言の日だ。自ら遭難の道を選ぶのか？

いや、運命には逆らえない。だから、車を走らせているのではないか？

矛盾した思考が渦巻いていた。

冬枯れの登山口には、一台も車は駐まっていなかった。

当然だろう。師走も大晦日を迎えようという時季に山を目指すというのは、酔狂の域をも超えている。

登山靴に軽アイゼンを装着して、滝水はリュックをかついだ。

ウエノウチ谷登山口には積雪はほとんどない。この分なら、軽アイゼンも必要ないかもしれないと思った。

歩きはじめて、それが甘い判断だったとわかった。高度を上げるに従い、雪は、量を増やしていく。最初はアイゼン部分だけが隠れる程度だったものが、靴そのものが隠れてしまうほどになった。新雪のために、逆に歩行を妨げる。ブナの倒木に、雪をかぶり凍結したナメコの群生を見たが、とても収穫する気になれなかった。

前衛オブジェのような葉一枚ない樹々が、枝を曲げている様は、動き出して襲って

きても不思議ではないと思えた。ここは異世界だ。

時計を見ると、一時間半が経過していた。

まだ、山頂までの道程（どうてい）の半分にも到達していなかった。

滝水はがむしゃらに歩を進めた。一歩。一歩。すでに雪は膝まであり、足を抜き出

すのに、数秒を必要とした。前に広がる雪の斜面に、登山道がどこにあるかなぞ、わ

かりはしない。誰も踏みこんではいない斜面に、滝水の足跡が残っていくだけだ。

小石で積まれたケルンは雪の中だ。あてにはできない。かろうじて、樹木に残され

た赤テープと自分のカンだけを頼りに前進していた。

滝水は何度か立ち止まった。荒い息を吐きながら何度、引き返そうと考えたことか。

霧が出てきた

霧というよりは濃厚なミルクの中に浸（ひた）っているという感覚だった。と同時に、風と、

激しい雪が襲ってきた。風は、この白鳥山で、これほどに強く吹くものかというレベ

ルだった。

急速に体内から熱が奪われていく。

這いつくばるように歩を進めた。足の雪への荷重を和らげるために、枯枝を杖がわ

りにして。

何度も足を止めた。

滝水は思った。魔が差した。あの予言は正しかったにちがいない。まるで誘蛾灯に誘われる虫のようにやってきてしまった。

そして、もう一歩。自分をだましだまし、あえぎながら、もう一歩を進める。

歩けない。もう一歩。運命で定められた通り、ここで自分は生涯を終えるのか。

両手を雪についた。そして再びようよう立ち上がる。木枯らしの音だけが聞こえる。

荒涼とした音だ。

そして幻覚を見たと思った。

数十メートル先に雪はなかった。代わりに新緑の樹々があった。

樹々の間から青空が覗き、射しこんだ光はレンブラントの絵画のような斜線だった。

そして地には白く丸い山芍薬の花々……。

幻覚……？

いや、ちがう。奇跡。

沙穂流が山芍薬の花々に囲まれたとき、昨年のできごとを、まざまざと思い出して

いた。ここで彼と出会った……。

滝水の陽に灼けた笑顔と、そのとき見せた白い歯が浮かんだ。はにかんだような笑い顔を見せる彼は、どうしているのだろうか。

絶対的な〝時〞に隔てられた今、できることとは、彼を想うことだけだ。

沙穂流は、斜面を振り返った。何かの気配を感じたからだ。

そして吹雪くような風のうねり。

まさか。

信じられない光景が広がっていた。

斜面は一面の銀世界だった。雪が絨毯（じゅうたん）のようにあたりを覆っている。たった今まで、春の新緑が広がっていた世界が……。

風のうねりさえ聞こえる。激しく雪が舞う。眼の錯覚などではない。

そして……人が見える。男の姿だ。藍色の防寒服をつけ、木の枝を杖にして、這いずるような歩調で近付いてくる。

まさか……。彼であることは沙穂流の直感でわかった。間違いない。

「滝水さん」

沙穂流は思わず叫んだ。男は足を止め、じっと沙穂流を凝視した。

彼の耳に沙穂流の声が届いている。

彼は杖を投げ出していた。それから、そこまでの力が残されていたのかというよう

に、男は大股で駆け登ってきた。沙穂流の前で、男は目を何度もしばたたかせた。眼

の雪を拭って、やっと言った。

「藤枝……沙穂流さん」

沙穂流は、涙を溢れさせていた。何故……？　そんなことはどうでもよかった。言葉が出てくる

想いが、かなった。何度も何度もうなずき続けた。

はずもなかった。うなずくことが、できる精一杯だった。

白鳥山は、もう一度奇跡を起こしてくれたのだ。

沙穂流は、言葉が発せないかわりに、両掌で滝水の両の手袋に触れた。凍てついた

ガチガチの手袋。

「沙穂流さんに会いたかった。今日は……ぼくが遭難する日、十二月三十日なんだ。

沙穂流さんの手紙を、何度も読んだ……。ぼくは十二月三十日に遭難はするけど、

遺体が見つかったなんて、どこにも書いてない。

だから……賭けたんだ。奇跡を、もう一度信じて」

「そう」沙穂流は、やっと言葉を出すことができた。「そう……そうよね。滝水さん

は……二〇三三年の世界へ遭難してきてくれたのね」

　気がつくと滝水の後方にあった雪の風景は、嘘のように消失してしまっていた。

「もう、二〇〇六年には帰らない」

　滝水が言った。沙穂流は嬉しさを隠しきれなかった。滝水がリュックを下ろし、二人は、おたがいを抱きしめた。

　しばらくの後、沙穂流はあることに気がついた。尋常ではない滝水のリュックの大きさだ。

「冬山の非常食を、たくさん持ってきたんですね」

　沙穂流が言うと、滝水は大きく、首をふった。

「いや……。中身は、全部コーヒーですよ。二〇三三年は、コーヒーは貴重品なんでしょう」

　滝水は、はにかんだように白い歯を見せて笑った。

初刊本あとがき

　私の作品の中で、白鳥山が主な舞台となるのは、本作が二作目となります。一作目は『インナーネットの香保里』(講談社／青い鳥文庫)という児童向けですが、やはり、白鳥山への愛着が捨てきれず、本作でも、その舞台として再度、選んでしまいました。

　それほど高度がある山ではないのですが、交通のアクセスの悪さ、そして大自然の佇いがそのまま時代を超えて残されてきた、秘境と呼びたい場所です。

　この山を歩いていて、いつも思うのですが、このような場所であれば、どのような超自然現象が起こっても不思議ではないのではないかと考えてしまいます。山で起こった怪異の話を地元の人から聞かされても、むべなるかなと妙に納得してしまう自分がいます。とすれば、この山を舞台にすれば、どんな幻想譚も語れるのではないかという結論にたどりつきました。

　私はとりわけ〝時間〟をテーマにした話が大好きです。これまでも、好んでいくつもの話を書いてきました。好きが高じて『タイムトラベル・ロマンス』（平凡社）なる評論・エッセイ集を書いてしまったほどです。

　ただ、そのいくつかの作品の中では、いつも〝航時機〟〝タイムマシン〟〝クロノス・ジョウンター〟というガジェットを、時を超える方法に選んでいましたが、できれば、いつか、一切、ガジェットの出てこない、時を超える話を書いてみたいと思っていました。

　そんな私の併せ技でできあがったのが、本作です。私の一番好きな場所を舞台にして、一番好きなテーマを描いてみるという、思い入れの強い、わがままな作品となったことを御承知おきください。

　最後に、本作が出版されるにあたって、平凡社の坂下裕明さん、光文社の藤野哲雄さん、中西如さんに感謝いたします。

　あとがきの追伸

　実は、この作品の舞台になった白鳥山ですが、本年九月七日に九州を襲った台風十八号で、すべての登山ルートが絶たれてしまいました。道路崩壊で文字通りの秘境と

化しています。白鳥山がある熊本県泉村役場にも問い合せましたが、復旧の目処（めど）は、まったくたっていない。一年後になるか二年後になるかも申しあげられないということでした。

本作で白鳥山に興味をもたれて、足を延ばしてみようと考えられた方は、ぜひ事前の調査をなさることをおすすめします。

二〇〇四年九月　梶尾真治

シナリオ

未来（あした）のおもいで

1　白鳥山中腹（春）

森林管理局員(35)が登山道を歩く。ときおり親子連れの鹿が、顔を見せる。バイケイソウの群落の中を鼻唄をうたいながら歩く。クマザサの向こうで音。

ふと立ち止まり、信じられないものを見たという様子でクマザサをかきわける。

そこに、立っている老けた同じ顔の男。

森林管理局員、あんぐりと口を開くと、上空が、奇妙な色彩で渦を巻いていることに気づく。

不安気に、視線をもう一度、前方のクマザサの向こうに移す。男は消えている。

白鳥山の風景が広がっているだけだ。

無音だった登山道に、鳥の啼き声が響く。

呆然と、森林管理局員は立ちつくす。

2　滝水浩一のオフィス

イラストを一生懸命に机で描いている滝水浩一(31)。

描いているのは、金属の質感を漂わせる捻子のような部品。

電話がかかり、それを受ける。

「ぼくの一週間は、その一日のためにあった。六日間は、机にむかい、

必死で注文をこなし……」

3　オフィスの駐車場

RV車の後部にリュックをほうりこむ滝水。

「週末を迎えると……」

4　走る滝水の車・車内

滝水(M)
　ハンドルを握る滝水。風景が、街、そして田園、山道へと変化していく。

滝水(M)
　「ぼくが、ぼくであったことを確認するために、熊本と宮崎の県境にある白鳥山を目指す」

5　白鳥山　山中

滝水(M)
　登山装備で、歩く滝水。苔むした大岩。ブナの巨木にも苔が。朝早いので苔には露がついていて光る。自然林だ。

滝水(M)
　「ここへ来ると、まるで現実世界から切り離されたような錯覚さえある」

滝水(M)
　ヒメシャラの巨木の横を通る滝水。

　「この原生林はかつて人間たちが生まれる数百万年の昔から存在しているのだろう」

　岩の上に腰を下ろし水を飲む滝水。

6　白鳥山　山中

苔むした倒木がいくつも見える湿地。その間を滝水が歩く。

ミルクのような霧が流れてくる。

滝水(M)「そこで、ぼくは思いがけないできごとに遭遇する」

斜面を登りきり、滝水は息を呑む。

山芍薬の花の大群落だ。

滝水(M)「まだ四月の頭だというのに……」

見とれる滝水。霧がどんどん濃くなる。

空を見上げる滝水。

滝水(M)「天気予報は晴だった。山の天気は変わりやすい……」

滝水は左腕の山岳用スウォッチを見る。

気圧が急速に下っている。コンパスはでたらめに回り始める。

稲光。と同時に雨が落ちはじめる。

困った表情の滝水。

足音。登山道を誰かが下りてくる。

　　滝水

　霧の中のシルエットが止まる。
　若い女・沙穂流(27)である。雨具をつけていない。
「こっちに、雨をしのげる場所があります」

7　白鳥山　山中

駈けこむ。
　石灰岩の天然の洞が窪地にある。風穴である。滝水の誘導で二人は洞に

8　洞の中

　二人はリュックを背中から下ろして外を見る。それが合図のように激し
い降りに。女がタオルで拭くために帽子をとると、長い黒髪が肩に落ち
る。
　二人は倒木に並んで腰を下ろす。
　二人は無言。
　突然の稲妻と雷鳴。近いのだ。その瞬間沙穂流は両膝を抱え、顔を伏せ
る。

滝水　　「夕立ちでしょう。ほどなくやむと思います」

　　　　おずおずと顔をあげる沙穂流。

沙穂流　　うなずく沙穂流。

滝水　　「連れの方とかいないんですか？」

沙穂流　　「ひとりです。……（ひとりごとのように）やっぱりジンクスってあた

　　　　るんですね。十三日の金曜日って」

滝水　　「えっ？」

9　洞の外

雨が降り続く。

10　洞の中

滝水はリュックから携帯バーナーを出し組み立てる。コーヒーを作りはじめる。

滝水　　「白鳥山はよく来られるんですか？」

沙穂流　　「子供の頃から……。父にヤマシャクの時期には、よく連れてきてもら

滝水(M)　「じゃあ、私と同じですね」

沙穂流(M)　「熊本市です」

滝水(M)　「どちらからですか?」

　　11　雨の白鳥山

　　　　　風景、濡れるドリーネ。濡れる樹林。

沙穂流　「おいしい。温まります」

滝水　「ちょっとびっくりしました。ありがとうございます」口にふくんで、

沙穂流　「コーヒー、だめですか?」

滝水　「コーヒーですか?」

沙穂流　「どうぞ。うまいかまずいかわかりませんが」

　　　　　滝水はコーヒをシェラカップに注ぐ。盗み見ると、沙穂流は手帖にメモ
　　　　　をとっている。

沙穂流　「ええ、見事でした」

滝水　「今日もきれいでした」

　　　　　いました」

沙穂流(M)「毎年ヤマシャクは見に来られるんですか?」

滝水(M)「毎年というより、年中、暇があれば来るんです。大好きな山だから」

沙穂流(M)「私もそう。いつの白鳥山も好き」

沙穂流(M)「わぁーはじめて。こんな光景」

二頭の親子鹿が、洞の前を（スローモーションで）走り去る。

12 洞の中

シェラカップを差し出す沙穂流。外は小雨になっている。

沙穂流「ありがとう。とてもおいしかった。小雨になったから、今のうちに行きます」

滝水は自分のリュックからカバーを出し沙穂流に差し出す。

滝水「これ……。防水着はないけど、これをリュックのカバーにして」

沙穂流「でも、それじゃ」

滝水「心配しなくても、いい。縁があれば、どこかで返してもらえばいい。なくても、私にとってはかまわない」

沙穂流は受け取り、自分のデイパックに器用につける。背負って立ち上

沙穂流

「ありがとう。とてもおいしかった。あのコーヒー」

沙穂流は笑顔を残し、霧の中へ走り去る。

滝水は「あの……」と言いかけて、がっかりするように座りなおす。

バーナーをなおしかけて、手帖が落ちていることに気づく。それを手に

とる。

滝水(M)

がる。

13　白鳥山　洞の外

手帖を持ち洞から飛び出す滝水。

外は陽の光が戻り、鳥の啼き声が。

沙穂流の姿はない。

14　白鳥山　斜面

立ちつくしている滝水。

「あれほどに咲きほこっていたヤマシャクヤクが消えてしまっていた。

夢でも見ていたのだろうか」

15　滝水浩一のオフィス

滝水(M)

イラストを描いている滝水浩一。そのイラストは、沙穂流の顔。机の隅に、黒い手帖が置かれている。

滝水は腕を止めて、その手帖を開く。

〈藤枝沙穂流

熊本市国府三丁目〉とある。

「白鳥山を下りてから、彼女のおもかげが頭から離れない。この手帖を届ければもう一度会うことができるのだろうか」

立ち上がる滝水。描きかけの沙穂流のポートレイトが机にある。

16　電車通り

市電を降りる滝水。

17　国府　熊本市

路地が細い。町名表示を見ながら家を探す滝水。

18　洋館の家の前

おばさんに道を尋ねたり。

歩き続ける滝水。一軒の洋館の前で立止まる。表札に「藤枝」とある。

滝水 「ここだ。やっと見つけた」

中を覗きこむ。人の姿はない。

覗きこんでいると背中に声をかけられる。

藤枝沙知夫 「あのー」

滝水が振り向くと、藤枝沙知夫(32)が犬を連れて立っている。

犬が大きくワンと鳴く。驚いて滝水は飛びのく。

藤枝沙知夫 「うちに何か、御用ですか?」

滝水 「ハナ!　だめだぞ」

藤枝沙知夫 「藤枝さんですか?」

滝水 「ええ」

藤枝沙知夫 「こちらに藤枝沙穂流さんって方は、いらっしゃいますか?」

滝水 「さほるって仰有いました?　しはる、じゃ……なくて?　詩・波・流

滝水　　　「れるじゃなく」

藤枝詩波流　「沙穂に流れるです」

　　　　　　藤枝沙知夫が首をひねる。そのとき、門の中から声。

　　　　　　「サチオ。お客さま?」

藤枝沙知夫　玄関から女性が歩いてくる。お腹が大きい。

　　　　　　「ああ、ちょうどよかった。ここいらで、他に藤枝ってお宅あったっけ?
　　　　　　詩波流」

藤枝詩波流　「藤枝……沙穂流って方を探しておられる」

藤枝沙知夫　「心あたりないわ。沙穂流……沙穂流さんっていうんですか?　いいお名
　　　　　　前よねサチオ」

　　　　　　彼女は腹をかばいながら首をひねる。

滝水　　　　狐につままれたような滝水。頭を下げる。

　　　　　　「失礼しました。何かのまちがいだったようです」

　　　　　　不思議そうな藤枝夫妻を後に首をひねりながら滝水は立ち去る。

19　市電の中

滝水(M)
座席で揺られる滝水。

「たしかに、今の住所と同じだった。二人とも嘘をつくようには見えない」

手帖を取り出し、そっと開く。

沙穂流(M)
「やはり、いちばん私が気持ち安らぐ山は白鳥山みたい。たたずまいがしっとりしていて」

20　白鳥山　山中

沙穂流(M)
林の光の中を一人で歩く沙穂流。心から山を楽しんでいる。

「山の中を歩いていると、身体全部が、山と一つになれた気がする」

21　市電の中

手帖の最後のページに目を走らせる滝水。

沙穂流(M)
「……去年と同じ時期を狙った白鳥山は大正解」

22 白鳥山 雨の洞の中

沙穂流(M)

手帖にペンを走らせる沙穂流。

「今年もヤマシャクヤクの満開に出会えた。去年が五月十五日だったか

ら、二日ちがいだけど」

23 沙穂流の部屋

少女A

「先生さようなら」

沙穂流の部屋の少女A(10)、沙穂流に挨拶して、部屋を出ていく。

しばらく、ピアノを弾く沙穂流。

立ち上がり、窓に干されたリュック・カバーを取る。そこに、滝水浩一

の名前と住所を見る。

24 小料理屋「寒鯛夢」

長者原

長者原(24)と滝水が、カウンターで酒を飲む。

「先輩、ところで今年のデザイン大賞は、構想まとまりました?」

滝水 「いや、全然」

長者原 「先輩、欲がないんだから。二年間、応募してないでしょ。必ず入選できますって。その方が、私も仕事、まわしやすいんですよ」

滝水 「すまんなぁ。考えとくよ」

長者原 「先輩、この手帖なんですか?」

滝水 「あ、これは落としもの。届けにいったが相手がいない」

長者原 「いないって……持ち主はわかってるんですか?」

滝水 「ああ、山の日記みたいなもの」(パラパラとめくり)「三三五一三って何だろ。三三五一五とか……日付かなあ」

長者原 「五一三で五月十三日とか……」

滝水 「……そうか……五月十三日……そうか。でその日が金曜日ってのは?」

長者原 「二〇三三年ですね。五月十三日が金曜というのは、三三五一三で、そうでしょう」

滝水 「そんなバカな。二十数年後なんて」

長者原がノートパソコンを出し、入力する。

長者原 「待ってください」

「ですよねぇ」

25　白鳥山　山道（五月末）

ひたすら滝水は山道を登り続ける。数組の登山者さえ追い越してしまう。御池もすみきっている。静かな山の風景。倒木に腰を下ろす。そこはヤマシャクヤクが咲き乱れていた場所。今はその気配もない。

滝水は立ち上がる。

26　白鳥山　洞の前

滝水は足を止める。洞の中へ入る。

27　洞の中

滝水、洞の中を見回す。諦めたように首を振る。倒木に腰を下ろし、手慣れた動作でバーナーを組み立てる。銀色の不思議な光沢の箱を見つけて、手にとる。中からきれいにたたまれた滝水のリュック・カバー、そして手紙。

沙穂流(M)

〈滝水浩一様〉とある。

手を震えさせナイフで開封する。

読む滝水。

沙穂流(M)

「先日は、リュック・カバーをありがとうございました。　おかげで中の
ものは濡れずにすみました。　帰宅してわかったのですが、　私の方も手帖
の忘れものをしたみたいです」

28　白鳥山　山中

渓流に沿って歩く沙穂流。　石に腰を下ろすと山鳥が啼き、　そちらに顔を
向ける。

「実はリュック・カバーを滝水様にお返ししようと、　連絡をとろうと試
みたのですが、　どうしても連絡がとれなかったのです。　電話でも、　住所
の場所へも。　わからずじまいでした。　どこかに転居なさったのでしょう
か」

29　洞の中

滝水
「おんなじだ……」

手紙から顔を上げる滝水。

30　白鳥山　ドリーネの前

沙穂流(M)

ゆっくりと歩く沙穂流。

「ひょっとして滝水様は、この洞を再び訪ねられるかもしれないと思い、このような方法をとらせて頂きました。いつのことになるかわかりませんが、きっと、このリュック・カバーがお手許に戻ることを祈りつつ。

それから、不躾なことを承知で書いてしまいます」

31　洞の中

滝水

目を皿のようにする滝水。

（手紙を読む）「もう一度、滝水様とお会いしたい。（手が震え出し、声がうわずる）そんな気持でこの手紙をしたためています。お手紙だと、こんな大

滝水

　胆なことまで記してしまいました。お許し下さいませ。

　二〇三三年五月二〇日　藤枝沙穂流」

　滝水、顔を上げる。

「やっぱり……二〇三三年……やっぱり」

沙穂流(M)　32　白鳥山　山中

　しゃがみこんで、可憐な白い花を眺める沙穂流。小さな花のアップ。

「追伸　先日のコーヒー、信じられなくおいしく頂きました。震災で亡くなった両親と登った白鳥山で父が淹れてくれた味を思いだしました」

沙穂流(M)　33　洞の中

　手紙を食いいるように読む滝水。

「もうコーヒーは、この時代、手に入らないと信じていたので、不思議でたまりません。忘れられない味になりそうです」

　その手紙を鼻に近付けて匂いを嗅ぐ滝水。

　突然の雨の音。

滝水(M)

34　洞の外

洞の中で立ちつくしている滝水。

35　滝水浩一のオフィス（夜）

必死で頭をひねりながら滝水は手紙を書いている。筆を走らせ、その手が止まり再び書き始める。

「藤枝沙穂流様

リュック・カバーとあなたからの手紙、確かに受取りました。そして、このような奇跡に遭遇したことに大変驚いています。

先日のこの洞での雨宿りのとき、沙穂流さんの手帖を見つけました。それで届けようと、書かれていた住所にお訪ねしたのですが、お会いできませんでした。

そこには藤枝沙知夫さんと詩波流さんの御夫婦がおられたのですが、沙穂流という方はいないという返事でした。

私が生きている現在は二〇〇六年です。

滝水（M）

ひょっとして、沙穂流さんは、私の時間では、まだ存在していないということでしょうか」

滝水（M）

36　白鳥山　洞の中

銀色の箱に手帖と手紙を納める滝水。

「どうしてこの白鳥山に二〇三三年と二〇〇六年が巡りあったのかはわかりません。

ただ奇跡は一度だけではなかったということでしょう。初めて沙穂流さんに巡りあえた奇跡。そして、今日、沙穂流さんからの手紙を受け取ることができた奇跡」

倒木の横に、手紙の箱を置く滝水。

37　白鳥山　山中

洞の外の登山道に戻る滝水。

「そして最高の奇跡は私も沙穂流さんのことが忘れられなくなっている

こと。私ももう一度、お会いできたらと考えます。これからも暇を見つけて白鳥山へ通うことにします。もし、条件が揃うようなことがあれば、沙穂流さんに再会できることがあるかもしれませんから。

そんな奇跡を願いつつ。

二〇〇六年四月十七日

滝水浩一」

38　白鳥山　山中（五月上旬）

山芍薬の咲き乱れる中で腰を下ろす滝水。

スケッチブックに山芍薬の写生を続ける。

藤枝沙知夫（声）「あなたは」

滝水は驚いて顔をあげる。その滝水に、なつかしそうに犬が顔を近付ける。

藤枝沙知夫「こんな場所でお会いするとは」

39 白鳥山 山中

一緒に歩く滝水と沙知夫。ハナ（犬）があたりを駆けまわる。

藤枝沙知夫 「山歩きされるとは思いませんでした」

滝水 「本当にいい山ですよ。ここは」

沙知夫 「そうですか。嬉しいなあ。私も大好きなんです。ところで……探しておられた方は、見つかりましたか？」

滝水 「あ……連絡とれました」

沙知夫 「そう、それはよかった」

滝水 「いつも一人で山へ来られるんですか」

沙知夫 「いつもは家内と一緒なんですが……実は先週……生まれたんです」

沙知夫は立ち止まり、笑う。

滝水 「えっ？　どうして女の子ってわかったんですか？」

沙知夫 「それは、おめでとうございます。素晴らしいお嬢さんになりますよ」

滝水 「いや……そんな気がして」

目を見張る滝水。

沙知夫　　沙知夫がうなずく。思いだしたように言う。

「そういえば……あなたが尋ねられた沙穂流っていう名。家内が気に入りましてね。それで……沙穂流という名で届けを出してしまったんですよ」

驚く滝水。

40　白鳥山　洞の中

手紙と手帖を手にする沙穂流。手紙は二通ある。

41　白鳥山　山中

歩く沙穂流。苔むした岩。岩に根が張りついた奇観。

「藤枝沙穂流さま。また、今日、この洞に立ち寄りました。実は、さっきあなたのお父さんと偶然に山道でお会いしました。そしてこの洞にやってきて気がついたのです。お父さんが震災で亡くなっている事実に。

そして、なんとか御両親を救う方法がないものかと考えているところで

滝水(M)

す。

　震災で亡くなられたということは歴史の一部となっているのでしょうか？　歴史を変えることができるのかはわかりません。ただ震災の日時や状況をお知らせ下さい。どのような方法があるか考えてみるつもりでいます。それは、私の使命のような気がしてならないのです。

　　　　　　　　　　　　二〇〇六年五月十五日

　　　　　　　　　　　　　　滝水浩一」

42　白鳥山　山中

　クマザサの蔭で、老いた森林管理局員(57)が腰を抜かしているのに沙穂流が気付く。沙穂流が駈け寄る。

沙穂流「どうなさいました？　大丈夫ですか」

　男は、言葉が出てこない。

男「俺と……会った。若い頃の俺と……。ドッペルゲンガーだ」

沙穂流「若い頃の……ですか？」

男「そ、そうだ。む……昔も、会った。……年とった自分と……何なんだ。

沙穂流

男

「ドッペルゲンガーに会うと死んじまうって言うよな」

「たぶん……時間がつながっているんです。白鳥山って、そんな場所だから」

「な、なんであなた。そんなことを知っているんだ」

沙穂流は、淋しそうに笑って首を振る。

43　沙穂流の部屋

パソコンにむかう沙穂流。パソコンは、二十数年後らしいホログラムのモニター。

〈滝水浩一〉と打ちこむ。

字が浮かびあがる。

〈肥乃國日報デザイン大賞リスト〉

二〇〇二年奨励賞滝水浩一（肥之國広告社）

腕組みする沙穂流。

電話に手を伸ばす。

44　肥乃國アドセンター　受付

受付に立つ沙穂流。

中から手を振りながら、今村芽里(27)が小走りに現れる。

芽里　「よおっ。久しぶりだなー。待ってたぜ」

沙穂流　「ごめんなさい。芽里。仕事中なのに」

芽里　「いいって。いいって。応接室に行こうか」

45　肥乃國アドセンター　応接室

奇妙な装置を芽里がテーブルの上にセットしている。

芽里　「でも沙穂流はどうしてそんな昔のデザイナーに興味持ったんだ？　うちの代理店じゃ誰も知らなかったのに」

沙穂流　「うん、言っても信じてもらえないと思うから」

芽里　「ふうーん。サーホ、今も山に登ってるの？」

沙穂流　「登ってるよ」

芽里は手を休め、タバコを咥えて火を点ける。大きく煙を吹き出す。壁

芽里　「に「禁煙」。

芽里　「男だな。サーホ、男できたな」

　　　しばらく沈黙。

芽里　「よーし。見せよう」

　　　芽里はディスクを装置に入れる。ディスクカバーを見ながらナンバーを打つと、室内が暗くなり、空間に映像が浮かぶ。

　　　野鳥のイラスト。

沙穂流　「ノビタキのオス……」

芽里　「くわしいねぇ」

　　　次の野鳥のイラスト。

沙穂流　「アカゲラ」

　　　次の野鳥のイラスト。

沙穂流　「ゴジュウカラ」

芽里　「すごいサーホ。よく知ってるね」

沙穂流　「山で自然に覚えちゃって。これ、滝水さんの作品？」

芽里　「そう。いつも三枚の組画で応募していたみたいなんだ。これ二〇〇三

年の奨励賞の分。二〇〇五年は応募してなくて、二〇〇六年がこれ。最後の応募。大賞とってるんだよ。これは正直、仰天したよ」

沙穂流「何が……」

芽里「見てみりゃわかる。説明がつかない」

芽里は、ディスクを替える。

滝をデフォルメしたデザイン画。片隅に岩に腰を下ろした若い女。それを芽里が指す。

芽里「これだよ。これ。拡大するから」

細密画が大きくなり、沙穂流とわかる。

芽里「サーホなんだよ。この画」

次の画は山芍薬の花畑に佇む沙穂流。

芽里「どうしたんだ。サーホ」

首をふる沙穂流。

芽里「泣いてるの？　サーホ」

46 白鳥山 洞の中

沙穂流(M)

コーヒーを啜りながら、手紙を読む、滝水。

「とても不思議な気持です。滝水様は白鳥山中で私の父と会われたそうですね。それは、三十二歳のときの父だと思います。白い大きな犬を連れていましたか？　よく山中に愛犬のハナをお伴させましたから。

両親をなんとか救えないかというお話。

過去は変えられるのでしょうか？　もしかなうならば、両親の生命を救って頂きたい。せつなる願いです」

コーヒーをもう一杯シェラカップにつぎ、沙穂流のいた場所に置く。そして、思いつめた滝水の表情。

沙穂流(M)

「中九州大震災は、二〇二四年十月十五日火曜日、午前三時四十八分に立田山断層を震源として発生しました。死傷者一万三千四百七十二名。

両親は一階の寝室にいたのです。

滝水様の時代から十八年後のできごとです。もし、滝水様の力で両親の生命を救うことができれば、何とかお願いしたいのです。

47　滝水のオフィス

二〇三三年六月十六日

藤枝沙穂流」

描きあげた沙穂流のポートレイトを壁に貼る滝水。腕組みして、それを眺める。

ブザーの音。

ドアを開くと、長者原がスーツ姿で入ってくる。

滝水「ああ、できてるぞ」

長者原「さすがだなあ、先輩。ケーキ買ってきましたから、コーヒーお願いしますよ」

滝水「仕方ねえなぁ。あがれよ」

長者原は椅子に腰を下ろす。ケーキを箱から出す。滝水はキッチンでコーヒーを淹れる。長者原は註文原稿をチェック。

長者原「どれもいいですねぇ。ところで今年の奴。アイデアまとまりました?」

滝水「何が?」

長者原　「やだな。デザイン大賞ですよ。プレゼンのときも、こちらとしてもや
　　　　りやすいんですよ」

滝水　　「〆切はいつだっけ」

長者原　「七月末です。充分間に合いますって」

滝水　　「だけど、モチーフがないからなぁ」

長者原　「あれ！　これですよ。この人誰です？」

　　　　長者原、きょろきょろしていた視線が釘付けになる。

滝水　　「滝水、コーヒーを持って現れる。

長者原　「沙穂流って人だ。変わった名前だろう。まだ一度しか会ったことない。
　　　　実物は、もっといい」

滝水　　「この女性ですよ。……さほるさん？　この女性でシリーズに描いたら
　　　　いいですよ」

長者原　「唇を一文字にする滝水。

滝水　　「長者原、頂くよ。そのアイデア」

48　喫茶店（昼）

昼休みどきの喫茶店。席から立ち上がる滝水。店内に入ってきたのは、藤枝沙知夫。スーツ姿だ。けげんそうに滝水に頭を下げる。

沙知夫「お待たせしました」

滝水「時間を作って頂き、すみません」

沙知夫「どんなお話でしょう。今日、事務所で一人休みが出てしまって」

滝水「しばらくの沈黙。

「実は……藤枝沙知夫さんの運命について知っておいて頂きたかったので」

沙知夫、呆れる。

「宗教関係ですか……これ、布教活動なんですか？」

滝水「ちがいます。とにかく信じて下さい。黙って聞いて下さい。時間はとらせません。（紙をとり出す）かなり先になりますが、この熊本で大震災が発生します。二〇二四年十月十五日火曜日午前三時四十八分。この震災で死傷者は一万三千名を超えます。で、藤枝沙知夫さんと奥さ

沙知夫 「あと十八年も後のことですよ。どうして、そんな先がわかるんですか?」

滝水 「申し上げられません。信じて頂くしかないんです。私がお願いしたいのは、その日一日だけ、熊本から……いや自宅から離れておいて頂きたいんです」

腕組みする沙知夫。滝水は手帖からメモに写す。

滝水 「このメモはお持ち下さい。これで私には何の得もありません。それに、その日私のアドバイスに従って頂くだけで藤枝さんが失うものはなにもありません。信用して下さい。お願いします」

沙知夫 （メモを見る）「あなたは本当に不思議な人だ。滝水さんの目を見ていて私欲のないこともわかりました。子供が女の子であることも当てられました
し。
わかりました。十八年後の予言なんて突飛すぎる。だからこそ信用しますよ」

名刺入れにメモを入れ沙知夫は立ち上がる。

沙知夫

「静かな山なら五家荘に限りますね。

今度、一杯やりませんか？　滝水さんなら気兼ねなく飲めそうだ」

ほっとして、滝水は苦笑を浮かべる。

沙穂流(M)

49　白鳥山（六月）

小雨の白鳥山を歩く滝水。

「一時は、そんな時を隔てた出会いがあるものかと疑っていました。でも、滝水様のデザイン、そして受賞された作品を目にして、あまりの素晴らしさに圧倒されてしまいました。

ノビタキは今にも飛びだしそう。

ぴったりと私の感性に納まったようです。この作品たちは、資料を探してくれた友人にねだって、すべてコピーしてもらいました」

50　滝水のオフィス

必死にペンを走らせる滝水。沙穂流が見た大賞受賞作が今、生み出されていく。

沙穂流(M)

「これからも、私は白鳥山へ通い続けるつもりでいます。もし、奇跡が再び微笑んでくれたらという淡い期待をこめて。もし、お会いできなくても、時を超える便りを、お待ち申しあげております」

沙穂流(M)

51 白鳥山　洞の中

銀色の箱を見つけ開く滝水。手紙がある。あわてて開封する。

「私の父に会われたということですね。そして中九州大震災に関する情報をお伝え頂いたということを知りました。

さて、結論からいうと、今日現在、両親が中九州大震災で亡くなった事実は変化していません」

がっくりと膝の上に手紙を置く滝水。そのまま宙空を睨む。

「人の力で歴史は変えることができない。それが今回の件で証明されたような気がします」

沙穂流(M)

52 白鳥山　水上越に続くわかれ

倒木に腰を下ろす沙穂流。汗を拭く。大きく深呼吸。

沙穂流(M)

「もし、これで両親が助かっていたら、未来に起こる変化として、私が滝水さんのことを知らないままになる可能性も気付きました。両親が戻ってこなかったことは残念ですが、私が滝水様のおもいでを喪くしてしまうことは、より耐えられません」

山に霧が出てくる。立ち上がる沙穂流。

沙穂流(M)

「どうぞ滝水様、お気になさらぬように。こちらは、もう夏です。緑も濃さを増しています。この風景の素晴らしさが、滝水様の作品に重なってくるようです」

霧の向こうから人の気配。姿を見て、両掌で口をおおう。男は、藤枝沙知夫。沙知夫は立ち止まる。

沙穂流

「お父さん……」

沙知夫には、沙穂流の姿も見えず声も聞こえていない。誰かを彼は待っている。

そして大きく手を振る。

犬のハナ。子供時代の沙穂流。そして母親の詩波流。

子供の沙穂流「パパ！　待ってよ。早すぎる」

家族には、沙穂流は見えない。三人は、そのまま山頂を目指す。

沙穂流が涙を流しながら見送る。

霧が、急速に濃さを増し、三人の姿が見えなくなる。

53 滝水浩一のオフィス

出来上ったイラストを満足そうに吊るす滝水。

その隣に二枚の完成品。いずれも沙穂流が見た大賞受賞作だ。沙穂流が

どの絵の中にもいる。

奥から長者原が、コーヒーカップを持って出てきてイラストを見る。

長者原　「すっごくいいっスよ。大賞頂きだ」

満足そうにうなずく滝水。

54 沙穂流の部屋（夜）

壁にかかった三枚組の滝水のイラストを眺めている沙穂流。

電話をとる。

芽里の声　「サーホ。起きてるか？」

沙穂流　「ええ。どうしたの芽里」

芽里の声　「すぐ出て来いよ。凄えことがある」

55　パブなかはらの店内

芽里　「今、誰と飲んでると思う?　滝水浩一って人の知りあいだ」

芽里の声　電話している芽里。後方に数人の男たちの姿。

56　沙穂流の部屋（夜）

芽里の声　驚く沙穂流。

芽里　「どうだ!　来るか」

　　　うなずく沙穂流。

57　パブなかはらの店内

芽里　「よおっ。来たな」と芽里が手を振る。

　　　入ってくる沙穂流。

若い男1　「おー!　美人じゃない」

若い男2　「紹介してよ。芽里」

その若い男の隣に白髪まじりの長者原がダブルのスーツを着て座っている。

沙穂流はボックスに。

芽里　「遅くに呼びだしてごめんな。今日は広告代理店の懇親会だったんだ。

こちら、肥乃國広告社の副社長の長者原さん」

長者原(51)　「初めまして」

沙穂流　「藤枝といいます」

長者原　「……さほる……さん……」

長者原は、じっと沙穂流をみつめる。　驚きを隠せない。

芽里　「この二人は肥乃國広告社の営業の人。　名前は忘れた！」

若い男1　「おっ、ひどいよ今村。　俺田中です」

若い男2　「俺、後藤です。　今度ポスターのモデルとかお願いできませんか」

芽里　「さっき、長者原さんに滝水浩一って知りませんかって尋ねたら、よく

知ってるって。　だから呼び出したんだ。（若い男たちに）あんたたちは、

こっちが相手するから邪魔すんなよ」

若い男2　「エー。そんなぁ」

沙穂流　「滝水浩一さんを御存知なんですか?」

長者原　「滝水さんは私の広告社の先輩なんですよ。よく面倒見ていただいた。独立されて社は退社したんだがデザイン事務所開かれて、ずいぶん一緒に仕事をやりましたよ。滝水さんの作品がお好きなんですね?」

沙穂流　「ええ」

長者原　「さっき死ぬほど驚きましたよ」

沙穂流　「は?」

長者原　「藤枝さんに会って……」

長者原は沙穂流にビールを注ぐ。

沙穂流　「私は今村さんに藤枝さんの名前を聞いていたわけじゃない。すでに、さほるさんって知っていたんです。不思議な巡りあわせだなぁ」

長者原は遠い目になる。

58 滝水浩一のオフィス（長者原の回想）

持参した箱からケーキを出す長者原。コーヒーを淹れる滝水。

長者原(M)
「私が彼らみたいに営業の駆け出しの頃、さぼりがてら滝水さんの仕事場に行ってました。ずっと独身で女っ気が全くない方でね。で、コーヒーってわかりますか」

沙穂流(M)
「ええ」

長者原
「先輩、コーヒーの淹れかたが、めちゃくちゃ上手くてねぇ」

長者原
「そこに貼られていた美人のモデルは誰なんだろう。教えて下さいって。先輩照れながら、やっと教えてくれた。さほるって人だって」

顔を上げる長者原。壁に貼られた沙穂流の似顔絵。

59 パブなかはらの店内

長者原
「そのポートレイトが、あなただった。でも、あれから二十数年経っている。どんなに私が驚いたかわかるでしょう。

長者原　「ましてや、私が口を滑らせてしまった名前と同じなんて。偶然にしてはあまりにも……。あなたのお母さん……親せきとかでさほるさんという名前の方は……おられませんか」

沙穂流　「おりませんが」

長者原　「そうですか。先輩は一度だけ会ったことがあるって……言ったんですよ。もう二十数年前のことだ。あなたではない。……はずだが」

沙穂流　「…………」

長者原　「だから私が、それを見てデザイン大賞のモチーフにするべきだと奨めたんです。その年の大賞を射止めました。その作品に登場する山の風景の女性も……さほるさん。あなたなんですよ」

芽里　「サーホも、山に登るんですよ」

長者原　「そうか。何かの因縁を感じるな」

沙穂流 「それで、滝水さんは、今どうしておられるんですか?」

長者原 「亡くなりましたよ」

沙穂流 「……いつですか?」

長者原 「若すぎた……。

最後のデザイン大賞をとった暮れあたりだったか。白鳥山で遭難したんですよ。その話を知ったのが、年が明けてからでしたねぇ。あまりにも突然の話で、我々も呆然としてしまいましたよ」

沙穂流(M)

60 白鳥山 (初夏)

山を歩く滝水。蝶が舞う。

洞に入っていく滝水。

「滝水浩一様

こちらは、もう夏です。山中ではすでにヒグラシの鳴き声がもの哀しく鳴き競っています。その鳴き声を聞いていると、あたかも、自分の心が森に響いているような気がしています」

61　洞の中

箱の中から手紙を取り出して開く滝水。

沙穂流(M)

「さて今日はどうしてもお伝えしなくてはならないことがあります。いつも、お手紙を読んでお会いしたいという気持ちはつのるばかりなのに、このようなことをお伝えするつらさをおわかり頂けるとは思っておりません」

62　新聞社　受付

沙穂流は受付で問い合せている。芽里も。

沙穂流(M)

「過去を調べていくうちに、ある事実に突き当たりました。滝水様の後輩の長者原さんから教えて頂いたことです」

63　新聞社　閲覧室

マイクロフィルムで過去の記事を探す沙穂流。それを手伝う芽里。

沙穂流(M)

「滝水様は二〇〇六年十二月三十日の土曜日に、白鳥山で遭難されてい

沙穂流(M)

ます。当日、山は豪雪だったとのこと」

突っ伏して泣いている沙穂流。戸惑っている芽里。

「それからずっと考え続けております。この方法でしか私の頭では思い浮かびません。結論を申しあげます。

もう白鳥山へ登らないで頂きたいのです。そうすれば、ひょっとして滝水様は一命を取りとめるのではないでしょうか」

沙穂流(M)

64　白鳥山（初夏）

洞の外へ打ちひしがれた様子で出てくる滝水。

「そうすれば、生きながらえて現在の私がまたお会いできることになるのではと思えるのです。

結果的に両親を救えなかったという事実をおもいだすと、運命は変えることができない気もします。しかし、どうしても、この事実はお伝えしなければと考えました。

沙穂流⒨

65　山中を走る滝水の車

車内。ハンドルを握る滝水。

「一つ。私は決断をしました。

これを最後に、私は滝水様へのお手紙を出さないことにします。滝水様の安全を考えると、それが最善と思えるのです。

もう、白鳥山へ登らないで下さい。二〇〇六年十二月三十日が過ぎるまでは。

できればお会いして伝えたかった。しかしかなわぬのであれば、このような形でしか、お知らせする方法はありません。

このような運命の神に背くようなお手紙が、お手許に届くかどうかもわかりませんが、かすかな希望でも託してみたいと思います。

白鳥山のもう一度の奇跡を信じて。

二〇三三年七月十四日

藤枝沙穂流」

66 山道

遠ざかる滝水の車。その上空の山を覆うように黒雲。雲の中を不思議な光が走る。

67 洞の中

手紙を読む沙穂流。
手紙には、こうある。

「藤枝沙穂流様

了解しました。

二〇〇六年六月十九日

滝水浩一」

涙を流す沙穂流。遠くで不安気な雷鳴が響く。

68 滝水のオフィス（十月）

窓の外は秋雨。ぽんやりと外を見る滝水。電話が鳴る。受話器をとる滝

69　小料理屋「寒鯛夢」

水。

嬉しそうに乾杯する長者原と滝水。

長者原　「おめでとうございます。先輩。いやぁ、ただ酒飲ませてもらうなんて恐縮です。まるで、ぼくがせがんだみたいで」

滝水　「おまえがせがんだんだろう?」

長者原　「えっへっへ。ご馳走さまです。でも先輩、あのデザイン大賞のニュース流れてから、先輩のデザインの指名がクライアントから、めちゃくちゃ増えてるんです。仕事、請けられますか?」

滝水　「長者原の依頼だったら断れんだろう」

長者原　「やった!……でも、しばらくは、好きな山歩きもできませんよ」

滝水　「遠いところを見る眼になる滝水。ふっと我にかえる。

ああ。大丈夫だ。しばらく……仕事に打ちこみたくなっていたから」

長者原　「じゃ、年内の仕事、言っときます。先輩、年内、身動きとれませんよ」

滝水　「かまわん。仕事やっとかないと、頭が変になってしまいそうだ」

長者原、チャンスを逃さないようにとノートを取り出す。

滝水「飲んでるときに仕事の話か?」

長者原「すみません」

滝水「かまわんぞ。どれ、聞こうか」

滝水、自分の手帖をとりだす。ぱらぱらと開け、顔を上げる。

長者原「おい、メモしろ。大変なことを思い出した」

滝水「は、なんですか」

長者原「二〇二四年十月十五日午前三時四十八分。書いたか?」

滝水「この日、何ですか?」

長者原「この日は熊本を離れろ! 大震災が起る!」

滝水「きょとんとする長者原。

長者原「それ……何かの占いか予言ですか」

滝水「黙って言うとおりにしろ。忘れるな長者原」

うなずく長者原。

長者原

73

パブなかはらの店内　（回想）

長者原(51)が沙穂流に話している。

「思えば、滝水先輩は不思議な人でした。今、私が無事なのも先輩のお

72

白鳥山　（十一月）

山道を下る沙穂流。

71

滝水のオフィス

イラストを必死で描く滝水。

後方に長者原がコーヒーを飲みながら座っている。

70

白鳥山　（十一月）

落葉後の白鳥山を歩く沙穂流。キノコ狩りらしい老人と挨拶をかわす。

洞の前に立つ沙穂流。

手紙を手にして迷うが、結局リュックの中へ戻し、洞を通り過ぎる。

74 白鳥山（十一月）

清流の横を歩く沙穂流。

長者原(M)「先輩は、中九州大震災を予言していたんです。ひょっこり、その数日前に、そのことを思い出しましてね、半信半疑で家族で熊本を離れてたんです。わが家は、全壊でした」

75 滝水のオフィス

滝水「さあ、これで、すべて終わり。待たせたね」

長者原「先輩、お疲れさまです。仕事納めですね」

滝水「ああ」

長者原「じゃ、先輩、よいお年を」

長者原がオフィスを出ていく。ぽつんと残される滝水。日めくりのカレンダーをはぐ。一枚、二枚、三枚。手が止まる。

滝水「今日が……俺の命日ってことか」

かげなんです」

滝水

カレンダーは十二月三十日。

滝水は窓の外を見る。雪が舞っている。

「こんな日に山へ行くなんて……死にに行くようなもんだ……」

滝水が視線を移すと、沙穂流を描いたポートレイト。

76　白鳥山（五月）

岩場を歩く、沙穂流。若葉が目にまぶしい。山芍薬が一輪。無表情から笑顔に。

77　滝水のオフィスの車庫

登山靴、リュックを積みこむ滝水。

自動車に飛び乗り急発進させる。

外は雪が舞っている。

78　山道

凍結した道路でタイヤにチェーンを巻く滝水。

「どうかしてるのかな。　俺……」

79　登山口

滝水は、登山靴に軽アイゼンをつける。

リュックをかつぎ歩き始める。

雪は、それほど積もっていない。

80　白鳥山

歩く滝水。　風が強い。　雪は数センチ。

81　白鳥山

歩く滝水。　雪は膝下まである。　荒い息を吐きながら憑かれたように歩く。

82　白鳥山

雪は滝水の股まである。　一歩進むのに数秒かかる。　風が強くなっている。それが地吹雪に変る。

滝水

「俺って……大馬鹿かな」

あたりは白一色。

霧が出てくる。

滝水　83　白鳥山

両手をつき這いつくばる滝水。

「何が、運命だ！　そんなことはない。運命は変えられるんだ。証明してやる」

一歩、そしてもう一歩。

空を見上げる」頭を振って、もう一歩。

そして前に突っ伏す。

84　白鳥山

倒れている滝水。やっと顔をあげる。

前方を見る。

信じられないものを見たように頭を振る。彼方に、新緑の樹々が。ゆら

ゆら陽炎のように見える。そして……。

85　白鳥山（五月）

山芍薬の花の中の沙穂流。吹雪の風の音。

彼女は立ち上がる。

驚く沙穂流。斜面は雪一色。雪が舞う。

小さな点が大きくなる。男が歩いてくるのがわかる。木の枝を杖にして、ゆっくり。

沙穂流は立ちつくす。

「滝水さん」

男が立ち止まる。男は杖を投げ出して駈け登ってくる。

86　白鳥山（十二月と五月が一緒になった風景で）

「藤枝……沙穂流さん」

泣く沙穂流。何度もうなずく。ガチガチに凍った滝水の手袋に触れる。

「沙穂流さんに会いたかった。今日は……ぼくが遭難する日。十二月三

沙穂流

滝水

87

エンドロール　白鳥山の二人

バッグから、大量のコーヒーを出して見せる滝水。笑顔の沙穂流。

「もう、二〇〇六年には帰らない」

沙穂流が滝水の胸にしがみつく。それを滝水が受けとめ抱きしめる。頬を寄せあう二人のストップモーション。

二人、上空を見ている。

急速に雲が晴れていくと、雪の風景の代わりに、五月の白鳥山が開ける。

凄まじい勢いで上空を黒雲が走る。雲の中で、紫色の閃光が無数に走る。

「そう……そうよね。滝水さんは……二〇三三年の世界へ遭難してきてくれたのね」

「そう……賭けたんだ。奇跡がもう一度起ることを信じて」

十日なんだ。沙穂流さんの手紙を何度も読んだ。……ぼくは十二月三十日に遭難するけど、遺体が見つかったなんて、どこにも書いてない。だか

88 エンドロール 登山道

恐竜の卵を手に持った森林管理局員と挨拶を交わす二人。

89 エンドロール 肥之國広告社

長者原(51)が、滝水と沙穂流を見て仰天し茶を吹き出す。

90 エンドロール 沙穂流の部屋

座っている沙穂流をスケッチする滝水。
その絵を観客に見せる。

(END)

新たなるあとがき

梶尾真治

「未来のおもいで」が光文社文庫で出たのが二〇〇四年なので十八年経過したことになります。最初は平凡社の「月刊百科」というPR雑誌に「白鳥山奇譚」という短篇を三回に分けて連載したもので、それを大幅に加筆したものが光文社文庫版になります。

この作品が好きだという方が多く、ECO九州ツーリストの寺崎彰さんは白鳥山をガイドしているときに東京からのお客さんに本作を教えてもらってファンになったと言っておられました。それから、白鳥山の洞（風穴）の前では必ず本作を紹介しているとのことでした。感謝です。

また私自身も色んな方たちを白鳥山へとご案内することになりました。編集者さんや演劇集団キャラメルボックスの成井豊さん。映像関係の方たち。

ですから二〇〇九年には演劇集団キャラメルボックスで「すべての風景の中にあな

たがいます」のタイトルでお芝居になりました。他にもコミック化のお話をいただきましたが、こちらは実現しませんでした。

さて、二〇二二年現在、九州で唯一の山歩き専門誌があります。西日本新聞社で発行される季刊誌「のぼろ」です。同誌の二〇二二年秋号（三十八号）で、九州脊梁特集が組まれ、白鳥山も紹介されることになりました。私も『未来のおもいで』の舞台をたどる、という企画で編集スタッフと白鳥山を登ったのですが、同時に『未来のおもいで』生原稿も同誌の中で使いたいのだが、という打診がありました。しかし、私の生原稿は熊本地震のときにすべて『くまもと文学・歴史館』に寄贈しています。それで同館で調べて頂いたのですが寄贈資料の中には生原稿はありませんでした。代わりに出てきたのが、「シナリオ版／未来のおもいで」でした。

私もシナリオ版の存在など忘れていたので、びっくりです。

そういえば、これまでに三度ほど映画化の話を頂いていたことを思いだしました。いずれも実現していませんが。

ただ、私はかなり映画好きです。息を吸うように映画を観る人間でもあります。いつの映画化のお話を頂いたときかわかりませんが、いたずら半分にシナリオを書いた気がするような。それで活字になる機会もなく埋もれてしまったのではないでしょう

か？　いずれにしても、梶尾のお遊び、と考えて頂いてけっこうです。

今回、「未来のおもいで」再発売が決まりましたので、このシナリオ版も載せてみようと考えた次第。おまけに、サブタイトルで「月刊百科」掲載のオリジナル「白鳥山奇譚」をつけることにしました。

原作版とシナリオ版、読み較べてみられるのも一興かと思います。

なお、本作を書いた後に、熊本地震が発生していますが、オリジナル設定には手を加えないままにしております。

二〇二二年七月

追記です。二〇二二年九月に台風十四号が発生し、鹿児島から上陸、北上しました。

風、雨ともに凄まじい台風でしたが、私の住む熊本市の影響は軽微ですみました。

それは九州脊梁の山々が風雨を防いでくれたからではないかと思います。しかしながら、身をもって受け止めてくれた九州脊梁の山々は崩れ、河川は溢れ、道路は寸断されることになりました。復旧作業に携わる方々によれば「これまでの風水害の中では、一番ひどい状態だ。現状に復することができるのは、いつのことかわからない」

とのことで、私も肩を落としております。『未来のおもいで』を出すときも、こんな
あとがきの追記を書きましたが、そして今回も。

でも白鳥山は、そこにある。そして白鳥山は逃げません。そう信じて白鳥山の復旧
を待つことにしようと思います。それが何年後になるかはわかりませんが。そのとき
再び、緑の苔の絨毯の上で休めることを願いつつ。そして山芍薬や風穴の洞と再会で
きることを心から祈りつつ。

二〇二二年九月末日

白鳥山と山芍薬（撮影：梶尾真治）

解説 「梶尾印のロマンチックエキス」

映画監督　犬童一心（いぬどういっしん）

私は『未来のおもいで』をSFというより、ラブストーリーとして味わってしまった。読んでいる自分を随分と若く感じ、過度に繊細だった十代にタイムスリップしたような、不思議な気持ちになった。そこにあったのは、実際の恋愛というより、十代の頃、次々に受け取っていた物語世界の恋愛だ。これから大人になれば自分の身にも起きるのではという感触があるのだ（すみません。もう還暦過ぎてます）。十代の私は随分と映画マニアだったから、そんな恋の感触の多くは、映画館の暗闇で受け取ったものだ。

実際の恋愛を手にするまで、中学から高校にかけ最も夢中になった恋愛映画は、ロバート・レッドフォード、バーバラ・ストライサンド主演、一九七三年のアメリカ映画「追憶」だ。映画情報誌「ぴあ」でその上映を見つけると繰り返し名画座に通ったものだ。

仕事として映画を作るようになり、初めて手がけた恋愛映画は「ジョゼと虎と魚たち」。原作は、田辺聖子さんの書かれた静謐で美しい恋愛小説。若い男女の性を含めた強い思いと、足の悪い主人公の女性ジョゼの諦観が描かれている。その作品を監督するときに、「追憶」を見直し、ラブストーリーの構造や描写について考え、参考にした。

「ラブストーリー」において出会いは「運命」だ。そこに理由は必ずしもいらない。魅力的な背景や描写があればと思う。「追憶」は同級生なだけだし、「ジョゼ」はただの偶然だ。でも、「追憶」の一九三〇年代後半の大学生活はファッションを含めその風俗が魅力的だし、ジョゼの偶然は、ヒロインの乗る乳母車の暴走という突拍子もない、そして、ドラマチックな出来事のせいだ。

実は、まだ観客しか気づいていないのだが、その出会いで二人の果てしなかった実質的距離は一気に縮まっている。とはいえ、二人の「心」には未だ距離がある。その距離を、この先、何がどれだけ近づけて行くのか、一つ一つ正確に見せていかねばならない。場合によっては、近づいた距離がある出来事で再び引き離されることもあるだろう。そういった思い通りにならない距離をサスペンスとして見せていくには何が必要かを考える。

そこで登場するのが、二人の間に置かれる「隔てるもの」。「ジョゼ」は目に見える

ものとして、戸、塀、窓、そしてジョゼの祖母という人が間に立ちはだかる。「追憶」

の場合は、戦争という巨大で理不尽な出来事だ。主人公たちは「隔てるもの」の強度

や質の違いに合わせ、それを、押し広げたり、乗り越えたり、ときに破壊することも

あるだろう。

そして、二人の距離は埋まる。その瞬間をしっかり捉える。交通事故のように突然

ぶつかるのか、最後の短い距離を見つめ合い測りながらゆっくりと埋める場合もある

だろう。ジョゼは、ゆっくりと埋めるふりをしながら、一度引き離し、思いっきりぶ

つけている。そういえば、初めてキスをするシーンで、演者の二人に、「交通事故で

衝突するみたいに」と言っていた。

梶尾さんは、私が知っている人の中でも最も映画を見尽くしている人だし、さらに

小説や漫画で出会った「恋愛」も血肉にして、神のように全てを司っているのだと

思う。

冒頭、白鳥山（しらとりさん）の自然描写の細（こま）かな積み重ねで、時空の歪（ゆが）みという怪異が、あたかも

あってもおかしくない出来事と思わせてしまう手つきに、ふう、とため息をつく。

怪異が「運命」となり、出会うはずのない二人が出会う。が、そこには、怪異であ

るが故に、その後、お互いが未来と過去にいるという途轍もない「距離」が生み出されている。その距離は手を施す隙を持っているかに見えたが、そんな簡単なはずもなく、時間を勝手にいじることの危険と恐怖が「隔てるもの」として常にあり、読者は、その後の展開をドキドキと見守っていく。そして、最後、二人の距離を埋めるべく命懸けで賭けに出る男の勇気とパワーが見るものを揺さぶる。見事二人は結ばれ、新しい時間が始まる。

『未来のおもいで』はそこまでだ。その後の二人は読者に委ねられた。読者が思うのはきっと永遠の愛だろう。

「追憶」や「ジョゼと虎と魚たち」は、二人が結ばれた後、幸せな日常が訪れるが、それは一時の事、次第にすれ違いが始まり、隔てるもののラスボスが現れ、永遠の別れとなる。ラスボスは「追憶」で言えば赤狩りという理不尽、「ジョゼ」で言えば元カノ。随分と苦い。そう思うと、『未来のおもいで』はロマンチスト梶尾の面目躍如たるラストだと思う。

梶尾さんの筆跡は、細かな描写が積み重なり、二人の物語を冷静に書き綴っているかに見える、が、時に登場人物の心情に一歩踏み込み、はからずも揺れてしまい、その時の筆者の鼓動がこちらに聞こえてくる時がある。今作、いくつかあると思うが、

特に最後の男性の行動とその描写の熱さにそれを感じた。今、ここで山に行くのはどうか？　みたいなことは、書き手の気持ちの高まりが全て吹き飛ばしている。ロマンチストであることを隠しきれない人の温度に信頼が生まれる。そして、この梶尾印のロマンチックエキスが、読んでいる私を若返らせていた気がする。　間違って何かを期待して一人山に行ってしまいそうになる。

映画監督であるのだから、梶尾さんが自ら脚色されたシナリオについても、少し書いておいた方がいいのだろうか？

ラブストーリーとしての構成に意義は無い。手紙を書く人として、二人の内省的キャラクター造形も納得がいく。梶尾印のロマンチックエキスも充分だ。ただ、もし、私が実際にこのシナリオを監督することになった場合、きっと相談するだろうことが一つある。モノローグについてだ。前半のモノローグの多用は気にはなるが、どこか声が音楽のように魅惑的で（トリュフォーの「恋のエチュード」を思わせる）、内容も体験のモノローグであるが故に時空の捩れという怪異を、あってもおかしくないと思わせることに寄与している。が、手紙のやりとりになって、その文面がモノローグとして長く続く部分の画の処理を果たしてどう飽きずに持たせるかが悩みどころだ。

文面のほとんどが女性のものなので、読んでいる男性の側は恋する女性の絵を描く

という持ちネタがあり、その手紙をうまく使えば彼の熱が画面に映ると思う。しかし、その手紙を書いている女性の側に手紙を書く描写がない。男性のことを調べる部分は多くあるが、そこは物語の面白さだと思う。彼女の熱情を手紙を使って画として表したい。一つはやはりトリュフォーが「アデルの恋の物語」でやったように、実際に書く部分を長く力強く見せる場面が欲しい。ただ、とても手紙の数が多く、繰り返すわけにもいかない。

男の絵を描くアイデアに近いものとして考えてみたのだが、例えば女性を作曲家にして、後半はその譜面を書く作業と、できていく音楽を映画上に使うのかはどうだろう？（映画「グレン・ミラー物語」が頭にあります）。男性が絵を描くのとカットバックしたり、ピアノ演奏だったものが、最後の男性の強行突破の場面で大編成になったりもできる。ただ二人ともアーティストにすると、広がりが減ってしまうのかな、と思ったり。どうしましょう梶尾さん？

『未来のおもいで』について、「恋愛映画」を例題に書いてみた。もちろん、この小説の向こうに、リチャード・マシスンやジャック・フィニィといったSFのエキスパートが手がけた、タイムトラベルの名作小説（そしてその映画化、「ある日どこかで」）を思ったりしないわけではないが、SF小説に関して私は疎く、梶尾さんの「タイム

トラベルロマンス」という名教科書があるので、そこはそちらに譲りたい。みなさん、すぐに手に入れてください。そして、梶尾さんの書かれたタイムトラベル小説の傑作「クロノス・ジョウンターの伝説」や「エマノンシリーズ」なども併せて是非。

最後に蛇足かもしれませんが、『黄泉がえり』について少し。私は、梶尾さんの『黄泉がえり』を映画用に脚色している。『黄泉がえり』の原作は「恋愛」ではなく「会いたい」という気持ちをメインに綴った作品だった。死者たちを蘇らせるのは「会いたい」という強い気持ちなのだ。

その頃、私は、一対一の関係性で、時に残酷さや暴力性を伴うこともある「恋愛」より、様々な関係性における「会いたい」というシンプルな気持ちにこそ、未来への希望があるのではと思っていた（それは今も変わらないかもしれない）。だから、「会いたい」という気持ちを軸に膨大な関係性を見せていける「黄泉がえり」現象のアイデアに強く惹かれた。

そして、原作の根幹にある、地球に近づく、ある「存在」にも惹かれていた。そのクラークの『幼年期の終わり』を思わせる「存在」は、『黄泉がえり』現象を通して、地球人とは一体どんな生き物なのかを知っていく。この地球人とは？という視点が導入されると、私の気分は一気にSFになる。そして、個としての「存在」だったもの

が、地球人の「会いたい」という情緒にシンクロしてしまい、好きになり、自らを
犠牲にしても地球人を助けようと思い始める部分が最も感動的なのだ。だが、映画版
は、その「存在」を消していき、SF感を減らした。「黄泉がえり」現象はある地域
の怪異として見えている。その当時、SFは受けないという制作側の判断があったと
思う。特に女性に受けないと思われていた。そして、脚色の上でも「恋愛」が大きな
軸となっていった。「恋愛」は誰もが自らを重ねやすく、女性も参加しやすくなると
踏んだのだ。それは映画としては良い道を選んだと思う。が、心残りがあった。

　その後、このとき果たせなかった「会いたい」をキーワードに別の作品に挑んだ。
柴咲コウさん、オダギリジョーさん主演の「メゾン・ド・ヒミコ」。その映画はまさ
に「会いたい」という言葉で映画を終える。そのシーンを撮りながら、『黄泉がえり』
のことを思った。

二〇二二年九月

徳間文庫

未来のおもいで
あした

白鳥山奇譚

2022年12月15日　初刷

著　者　梶尾真治
かじ　お　しん　じ

発行者　小宮英行

発行所　株式会社徳間書店
〒141-8202
東京都品川区上大崎三―一―一
目黒セントラルスクエア
電話　編集〇三（五四〇三）四三四九
　　　販売〇四九（二九三）五五二一
振替　〇〇一四〇―〇―四四三九二

印刷　大日本印刷株式会社
製本

ISBN978-4-19-894811-5　（乱丁、落丁本はお取りかえいたします）

徳間文庫の好評既刊

梶尾真治
おもいでエマノン

　大学生のぼくは失恋の痛手を癒す感傷旅行の帰り、フェリーに乗り込んだ。そこで出会ったのは瞳の大きな彫りの深い美少女。彼女はエマノンと名乗り「私は地球に生命が発生してから現在までのことを総て記憶しているのよ」と、驚くべき話を始めた……。

梶尾真治
さすらいエマノン

　世界で最後に生き残った象〈ビヒモス〉が逃げだし、人々を襲った。由紀彦は、犠牲となった父の仇を討つため、象のいる場所へむかう。その途中、風変わりな美少女エマノンと出会う。彼女は、ビヒモスに五千万年前に助けられたと話しはじめて……。

梶尾真治
まろうどエマノン

　生命が誕生して以来の記憶を受け継がせるためエマノンは必ず一人の娘を生んできた。あるとき男女の双生児が生まれ……。「かりそめエマノン」アポロ11号が月に着陸した日、エマノンに出会った。忘れられない記憶の始まりとなった。「まろうどエマノン」

梶尾真治
ゆきずりエマノン

　エマノンが旅を続けるのは何かに呼ばれるような衝動を感じるからだ。人の住まなくなった島へ、人里離れた山奥へ。絶滅しそうな種を存続させることになったり、最期を見届けることも。彼女に課せられたものは何か？　その意味を知る日まで、彼女は歩く。

梶尾真治

デイ・トリッパー

DAYTRIPPER

デイ・トリッパー

梶尾真治

徳間文庫

　結婚三年半で、夫の大介を亡くした香菜子。悲しみは消えず、彼のことを思う気持ちがつのる日々。ある日、香菜子を励まそうとする友人たちと行った店で出会った女性に「もう一度、ご主人に会う方法があるのですが」と声をかけられた。彼女の伯父・機敷埜風天が発明した機械を使えば、過去の自分の心に現在の心を送り込めるというのだ。香菜子は大介に会うため、時を跳ぶ！

梶尾真治

クロノス・ジョウンターの伝説

梶尾真治
Shinji Kajio

クロノス・ジョウンターの伝説

CHRONOS JAUNTER

徳間文庫

　開発途中の物質過去射出機〈クロノス・ジョウンター〉には重大な欠陥があった。出発した日時に戻れず、未来へ弾き跳ばされてしまうのだ。それを知りつつも、人々は様々な想い——事故で死んだ大好きな女性を救いたい、憎んでいた亡き母の真実の姿を知りたい、難病で亡くなった初恋の人を助けたい——を抱え、乗り込んでいく。だが、時の神は無慈悲な試練を人に与える。[解説／辻村深月]

梶尾真治

ダブルトーン

パート勤めの田村裕美は、五年前に結婚した夫の洋平と保育園に通う娘の亜美と暮らしている。ある日彼女は見ず知らずの他人、中野由巳という女性の記憶が自分の中に存在していることに気づく。その由巳もまた裕美の記憶が、自分の中にあることに気づいていた。戸惑いつつも、お互いの記憶を共有する二人。ある日、由巳が勤める会社に洋平が営業に来た。それは……。

梶尾真治

つばき、時跳び

つばき、時跳び

梶尾真治

Shinji Kajio

徳間文庫

　肥後椿が咲き乱れる「百椿庵」と呼ばれる江戸時代からある屋敷には、若い女性の幽霊が出ると噂があった。その家で独り暮らすことになった新進小説家の青年井納惇は、ある日、突然出現した着物姿の美少女に魅せられる。「つばき」と名乗る娘は、なんと江戸時代から来たらしい…。熊本を舞台に百四十年という時間を超えて、惹かれあう二人の未来は？
　　　［解説：脚本家・演出家　成井豊］

梶尾真治

壱里島奇譚

　東京で会社員をしている宮口翔一は仕事が合わず、辞めようとしていたところ、常務から、郷里の熊本にある天草の壱里島に出張を命ぜられた。そこで、〝おもしろたわし〟という謎の万能製品の製造方法を探り出せというのだ。しかし、その島では奇妙な現象が次々起こっていた。翔一は、島を訪れていたオカルトライターの機敷埜風天とともに解明することに……。